「落ちこぼれのあんたが学園にいると、
ボクの評判まで落ちるんだよ！」
ユリウス
学園の落ちこぼれだったが、
勇者ユージーンが
転生したことにより――!?
ガイアス
落ちこぼれの兄
を軽蔑している。
だが、本心は……？

「なんという美味！　これと比べたら、城の部下たちが作る飯なんてゴミだゴミ！」

「すごい、ユリウスくんお料理まで得意なんだね！」

食堂のテーブルには、昼飯用に作ったランチボックスがおいてある。

彼女たちはうまうま、とそれを食っている次第。

ヴェノムザード
過去に勇者ユージーンに
よって倒された魔王。

現代に召喚され、ユリウスと契約する。

「勇者め、こんなうまい飯が作れるなら
早う言えばよかったのに。
さすればおぬしと戦うなんてことはしなかったのだがな」
「マジかよ」
「冗談じゃ。
ま、わらわにも背負っていたものがあったしの」
エリーゼ
クラスになじめなかった
ハーフエルフの少女。
ユリウスによって救われる。

「ボクは負けないぞ！
たとえ天地ほど実力が離れてようと！
絶対にあきらめない！」
力強い言葉で、弟が宣言する。
「ボクは兄さんを超えて最強になる！
そして、この家の、真の後継者となる！」

茨木野
[ILLUSTRATION]あるてら
落ちこぼれだった兄が実は最強
～史上最強の勇者は転生し、学園で無自覚に無双する～

# CONTENTS



口絵・本文イラスト／あるてら　デザイン／寺田鷹樹

# プロローグ　勇者の孫、勇者を志す

人が全く寄りつかない深い森のなかに、小さなログハウスがあった。
そこに、俺と爺《じい》ちゃんはふたりで住んでいた。ある日の朝のことだ。

『ユージーン。おまえに、これを渡しておく』

ベッドから伸びてきた爺ちゃんの腕は、冬の日の小枝よりも細く見えた。
しわしわの手には封筒が握られている。

『わしが死んだ後のことが書かれている』
『やめてくれよ。縁起でもない』
『いいや、ユージーン。わしは、もう長くない』

なんとなくだけど、俺もそれを悟っていた。
最近の爺ちゃんはずっと寝たきり状態で、見ていてつらかった。
けれど、自分が死ぬというのに、爺ちゃんはどこか穏やかな表情をしていた。
すでに死を受け入れているようだった。

爺ちゃんが死ぬことは、逆立ちしたって覆らないのだろう。

『わしが死んだらそこに書かれている孤児院を訪ねろ。それと財産はすべておまえに譲る』

『……うん。わかった』

衝動的に爺ちゃんにしがみついて、泣きわめきたいという気持ちもあった。

けれど彼に後悔を残して死んでほしくなかった。


『ユージーン、おまえは、強い子だな。優しい子だ』

きゅっ、と抱きしめてくれる。カサカサにひび割れた肌にかつてのぬくもりはなく、まるで氷のようで、俺は死を強く感じた。泣きそうになったけど、涙を見せたら迷惑かけちゃうから。

『強いおまえのことだ。わしがいなくても生きていけるだろう。好きに生きろ。冒険者になってモンスターを狩るでもいい。ほんとの両親を探すのもいい』

『え……？　本当の両親って……？』

爺ちゃんは静かに、ゆっくり話し出す。


『よく聞け。おまえの両親は、死んだわけじゃない』

俺は物心ついたときから、爺ちゃんと二人暮らしだった。

両親は事故かモンスターに食われて死んで、爺ちゃんが育ててくれていたものと思っていた。

『数年前に大火災があった。そのとき、身寄りのない幼子を拾った。それがおまえだ。あのとき死者は出ていなかった。つまり、おまえの両親はこの世でまだ生きている可能性が高い』

何度も爺ちゃんは、両親を探してくれたそうだ。

けど八方探し回っても、ふたりは見つからなかったそうだ。

『黙っていて、すまなかった』

『いいよ別に。捨て子だって黙ってたのは、俺が腐らないように気遣ってくれてたんだろ？』

俺にとって爺ちゃんは、本当の親以上だし愛情を注いでくれていたのはわかっていたので、今更本当の両親がいるといわれても、うれしくないし、探そうって気にもならない。

『爺ちゃんが俺の、唯一の家族だよ』

爺ちゃんは目を丸くして、俺を見て笑ってくれた。

『……ほんとうに、おまえは世界一優しい孫だな』

ややあって。

『ユージーン。最期に、何か聞いておきたいことはないか？』

そういわれても、爺ちゃんともっともっと話したいことは山ほどあった。ただそれをストレートに伝えると、未練を残して死ぬことになると、子供ながらに思った。

だから俺は、無邪気に、こう答えた。

『いつもの勇者と魔王の話を聞かせておくれよ』

爺ちゃんは苦笑しながら、何度も繰り返してきた物語を紡ぐ。

『この世界には遥《はる》か古来より存在する、最凶にして最強の魔王ヴェノムザードがおった』

魔王はとにかく強く、今まで数多くの人が挑んでも、まるで歯が立たなかったという。

『人間だけではない。エルフに精霊、神すらも魔王を殺そうとした。だが……誰一人として、魔王を倒すことができなかった』

『そんなある日、凄い勇者が現れたんだよね！　勇者アランが！』

爺ちゃんは顔を曇らせて、小さくうなずいた。

『……勇者アランは、歴代最強の勇者と誉れ高い男だった。あらゆる武芸の才を持ち、その魔法の才能は神をも凌《りょう》駕《が》すると言われ、癒やしの力は精霊王に匹敵するとまで言われた』

『すげー！　アランやっぱすげー！』

『……なにが凄いものか。結局、アランですらヴェノムザードには勝てなかったのだ』

最強勇者アランが負けたことで、奇しくも魔王の格をあげてしまったという。

『人々は絶望し、そして討伐に失敗したアランに責任をなすりつけてきた』

爺ちゃんの口ぶりは、どこか他人事のようには思えなかった。

『人々はアランを非難し追放した……そしてこんな人里離れた場所で、ひっそり死のうとしている』

『……爺ちゃん。もしかして、勇者アランなの？』

こくり、と爺ちゃんは弱々しくうなずいた。


『ユージーン。おまえは、勇者アランのようになるなよ』


爺ちゃんは俺に手を伸ばし、頭をなでる。

『おまえは強い。わしをも凌駕する才能を持つ。おまえに教えた剣術、魔法、治癒術、武術の基礎。鍛えていけば、ヴェノムザードを倒す存在になり得る。だが……やめておけ』

自嘲するように、爺ちゃんが言う。

『わしを見ろ。死に際だというのに、心配して駆けつけてくれる友の一人もいない。家族にも見捨てられた。強い力を持つ者の未来は、破滅と相場が決まっている』

爺ちゃんが俺を抱き寄せる。

『おまえは平凡に生きろ。人類全てを救う必要はない。おまえまで勇者《ふこう》になる必要は、ないのだ』

ぽたり……と俺の頬に爺ちゃんの涙が落ちる。

この人は、一人残される俺の行く末を、心から心配してくれているのだ。

『爺ちゃん。俺、勇者になるよ』


俺は爺ちゃんを見上げて、笑って言う。

『魔王を倒して世界を平和にする。そんで言うんだ！　俺の師匠は元勇者アランだって。アランは討伐に失敗したけど、世界を救うために次世代の勇者を育てていたんだって！』

そうすれば、爺ちゃんの汚名はすすげるだろう。


『爺ちゃんの無念は俺が晴らす。だから……だからさ！　安心して旅立ってくれよ！』

爺ちゃんの体からどんどんと力が抜けていく。俺は泣いていた。死ぬのがわかったからだ。

でも泣いてたら爺ちゃんが安心して死ねないから、我慢して笑おうとした。

爺ちゃんがどんどんと冷たくなる。もう、ほとんど体も動かせないだろう。

けれど、爺ちゃんは俺に笑いかけた。


『ありがとう……ユージーン。愛してるぞ』

# 第1章　勇者、未来の世界へ転生する

俺が勇者を志してから、幾ばくかの年月が流れた。

今まさに、俺の放った剣の一撃が、魔王の体を消滅させたところだった。

『見事だ、勇者ユージーン。よくぞこの魔王ヴェノムザードを討ち取ってみせた』

首だけになった漆黒の巨大竜が、俺を見て言う。

魔王の背後には、大地を一直線に削った痕があった。

それは俺の振り下ろした聖剣が放った斬撃による被害だ。

『史上最強と恐れられし我を倒すとは。ユージーンよ。貴様はまさしく、史上最強の勇者だ』

「そりゃ……どうも……」

俺は、その場に大の字になって倒れる。

勇者アランの悲願を、俺は今ここで達成することはできた。

もう……思い残すことはない。

『勇者よ？　魔王を倒したのだ。なぜ、まったく嬉《うれ》しそうではないのだ？』

「え……？　そうか？」

『うむ、まるで喜んでいないように見える。それどころか空虚ささえ感じる。なぜだ？』

ボロボロと、魔王の体が塵《ちり》と化していく。すでに再生する力も残っていないのだろう。

俺は今日までの経緯を語る。

祖父にして元勇者に拾われた、孤児である俺。

その後各地で敵を倒しながら、武者修行の旅を続けた。力をつけていき、ついに魔王を倒せた。

『おぬしは祖父ただひとりのために戦っていたのだな。目的の達成とともに、行動の核となるものを失ったわけか。……悲しい男だな』

「そうかな。よくわからん」

『……おぬし、死ぬ気だな？』

「え、うん。そうだけど」


俺の体が震えている。文字通り、死力を尽くして魔王との決戦に挑んだ。

ヴェノムザードを倒した今、俺はもう立ち上がる気力は残っていない。


『未来ある若人が、そんな悲しいことを言うな。……うむ、よし！』

にっ、と魔王が笑って言う。

『勇者よ、我を倒した褒美に、何でも一つ望みを叶《かな》えてやろう』

急に言われても、すぐに欲しいものなんて見つからなかった。

……けれど俺はそのとき、爺ちゃんの姿を思い出した。

家族から見放され、ひとりぼっちで最期を迎えた祖父の、寂しそうな背中を。

「……弟が、欲しいな」

両親は自分より先に死んでしまう。

弟なら、自分の死に際を、看取ってもらえる。

俺は自分以外の家族の誰にも看取ってもらえず死んだ爺ちゃんを見て、そう思ったのだ。

『おぬしの望み、この魔王が最後の力を振り絞ってかなえてしんぜよう！』

魔王の体に残っていた魔力が全て、体外へと放出される。

漆黒の魔力は地面に、複雑怪奇な模様を描く。

『魔王の血族にのみ、代々受け継がれてきた秘奥・転生の秘術だ』

「転生の……秘術？　転生だと？」

『ああ。勇者ユージーン。おぬしを転生させ、別の人生を歩ませてやろう』


　魔法陣がどんどんと大きくなっていく。


『祖父のために勇者となり魔王を倒した。それはおぬしの人生の物語とは言えない！』

「意味わかんねえ。余計なことすんなって」

『ええい、頑固者め！　もう良いゆくぞ！』


　カッ……！　魔法陣がさらに強く輝く。

『われの魂を貴様の肉体とリンクさせた。この秘術には膨大な魔力がいるのでな』


　どうやら俺の体に魔王の魂が憑依《ひょうい》し、秘術を完成させたらしい。

　魔法陣から出ようとする……が、体に力が入らない。

　治癒も間に合いそうにない。

『ユージーン。おぬしは、おぬしの物語を紡げ。新しい体で、可愛い弟とともに』

魔法が完成し、俺の体が分解されていく。

だがこれは肉体の破壊ではなかった。

肉体から魂を取り出して、別の肉体へと魂を移そうとしている。

『さらば史上最強の男よ！　願わくばまた拳を交わそう』

俺の意識が途絶えるその寸前、魔王は優しく微笑んだ。

『そのときは……魔王と勇者としてでないことを、切に願う』

☆

ガンッ！　と額に強い衝撃を受けた。

「だ、大丈夫⁉　兄さん⁉」

誰かが大きな声を上げて、近づいてきた。

……見覚えのない少年だった。

細身で、ともすれば女に見えるほどきれいな顔立ち。

明るい茶髪をうなじで束ね、肩から前に垂らしている。

青い瞳はまるで夏の海のように深い色をしていた。


「見覚えがない……？　いや……ちがう……なんだ……これ……？」


この少年が、俺の弟だと……知っている。

「兄さん！　ち、血が出てるじゃないか！」

彼はポケットからハンカチを取り出すと、俺の額に当てる。

どうやら俺は、額をぶつけて、皮膚を切ってしまったらしい。


「あ……ああ……ありがとう、ガイアス」


……ガイアス？　誰だ？　いや、この少年の名前だ。

どうやら、記憶が混同してるようだ。


「!?　に、兄さん……今、ガイアスって……」

ガイアスが困惑していた、そのときだ。

「ユリウス様！　大丈夫ですか！」

ドタバタと駆け足で、またも誰かが近づいてくる。

俺は彼女が、この屋敷で働くメイドだと認識した。

……俺《ユージーン》は、ガイアス同様、彼女も初対面なはずなのにだ。


「ああ、すまんな心配かけて」

メイドがクワッ……！　と目を見開き、口を震わせる。

「ゆ、ユリウス様……？　ど、どうしたのですか……？」

ガイアスといい彼女といい、俺は普通にしゃべっただけなのに、なぜここまで驚くんだ……？

フンッ！　とそっぽを向いて、ガイアスが俺の元から去って行く。

ついさっきまでの態度から一転して、冷たい態度を取られてしまった。


そこで俺は、自分が階段の一番下にいることに気付いた。

よく見れば、高そうな絨毯《じゅうたん》の敷き詰められた、お屋敷の中にいる。

「ユリウス様、大変！　すぐに治療しますので、お部屋まで運びます！」

メイドはすぐに人を呼び、部屋へと運ばれる。

ベッドに座らされ、安静にしてろといって、彼女は出て行ってしまった。

ふと、俺は部屋に設えてある鏡に目が行った。

「！　こ、これは……俺？」


俺は鏡に近づいて、そこに映る俺の姿に驚く。

黒い髪に、つり上がった黒目。

歳は十五くらいだろうか。

鏡の中の自分を見れば見るほど、他人の姿に見える。

だが見慣れた自分の姿にも見えるから……不思議だ。


「魔王の秘術、成功したんだな」


転生、すなわち生まれ変わりの魔法。

「不思議な感じだ。今までこの世界で生きていたはずの十五年間の記憶が、あるようで、ない」

おそらくユージーンとしての自我が肉体に完全に融合したことにより、記憶の混同を起こしているのだろう。


「まあ、次第にしっくり来るようになるか。よっと」

俺は額に手を触れ、治癒術を使う。

出血は収まり、傷口も綺麗《きれい》さっぱり塞がった。

コンコン、とドアがノックされ、メイドが慌てて入ってきた。

「ユリウス様、今お医者様をお呼びしました！　すぐ来るようなので応急処置だけでも……って、ええええええ!?」

メイドが俺の綺麗になおった額を見て、目をまん丸にする。

「い、いったいどうやって……？」

「え、そんなの治癒魔法に決まってるだろ？」

「ち、治癒魔法!?　ご冗談を。そんな高度な魔法、宮廷魔導師さまでないと使えませんよ」

「え？　なに言ってるんだ、そんなの子供でも使えるじゃないか」

近所の子供だって初歩の【小回復《ヒール》】くらいは使えていたはずだが。

「……ユリウス様。頭を打ったショックで、おかしくなられたのでしょうか。おいたわしや……」

なんだか知らないが同情されてしまった。

「まあその、なんだ。俺は大丈夫だからよ。しばらく一人にしてくれない？」

「しかし……もう学園へ行く時間でございますよ？」

「学園？　あー……そう言えば、そんなのにも通っていたような、ないような」

貴族、平民関係なく集まり、勉強や魔法を学ぶ場所に、俺《ユリウス》は通っていた。

正直サボりたい……が、学園なら調べ物には最適だろう。

「わかった。学園に行くよ。悪いけど支度手伝ってくれない？」


メイドは困惑しながらも、俺に制服を着せてくる。

真っ白いジャケットに黒いシャツ。白いスラックス。

なかなか洒落《しゃれ》た制服だ。初めて着たようにも思えるが、着慣れた感もある。


「サンキュー」

「……あの、ユリウス様？　本当に今朝はどうしたのですか？」

「え、何か変？」

「滅相もございません！　ただいつもよりも、その、しっかりとしている気がしますので」

「そんなに普段ぼうっとしてた、俺？」

「は、はい。いつもなんだか、夢見心地というか、ぼーっとしているというか、無愛想というか」

うーむ、これも調べないとな。

俺はメイドとともに部屋を出て、玄関ホールへとやってくる。

同じく制服に着替えたガイアスが、ホールにいた。


「朝食の時間に来ないなんて、二度寝でもしてたのかい？　そのまま寝てても全然よかったのに」

おや、どうやら頭を打ったのだからまだ寝てろ、と体を気遣ってくれているらしい。

「ありがとな。けど怪我はもう治ったから。心配すんな」

「別に気なんて遣ってない。落ちこぼれのあんたが学園にいると、ボクの評判まで落ちるんだよ！」

そっぽを向くと、ガイアスは先に屋敷を出て行く。


「なんだ、結構良い奴じゃんか」


現状ユージーンの自我が強いせいか、ガイアスに対して初めて会ったような印象が強い。

今朝から今までの印象からすると、兄貴おもいの良い弟みたいだな。


「ユリウス様、馬車の準備ができました」

俺はメイドに連れられて、屋敷の前へとやってくる。

よぼよぼの馬に、ボロボロの馬車。

「え、他になかったの？」

「も、申し訳ございません！　今朝の強風でいつもの馬車が使えなくなり、無事な方の馬車はガイアス様が乗って先に行かれました」

「そうか。ま、問題ないな」


俺は馬車に乗って、よいしょと座席に座る。

御者が馬を走らせると、ガタゴトと動き出す。

車輪の建て付けが悪いのか、だいぶガタガタ揺れるな。

ほどなくして、ガタンッ！　バキッ！　と壊れた音。

俺は窓から顔を覗《のぞ》かせると、車輪が完全にぶっ壊れていた。

「も、申し訳ございませんユリウス様！　すぐに工具を取って参りますので！」

「え、大丈夫だろ。すぐに直るし」

俺は修復魔法を使って、壊れた車輪を元通りにする。

「なっ⁉　なんだこれはどういうことですかユリウス様⁉」

「え？　俺何かした？」

「も、ものをここまで完璧に治す魔法なんて、見たことありませぬ！」

「えー……？　修復魔法くらい、街の大工のおっちゃんだって使えたぞ……？」

「なにをおかしなことを！　からかっておられるのですか⁉」

「それよりほら、早く出してくれ」

「は、も、申し訳ございません。ただいま……」


馬がまたのったのったと走り出す。

うーむ、鈍いな。

「身体強化……っと」


馬の脚力を向上させる魔法を使うと、とたんに馬が凄いスピードで走り出した。

「どしぇえええええええ！　な、なんですかこのスピードはぁああああ⁉」


これくらいでどうして驚いてるのか？

「というか……今更だけど、ここってどこなんだろうな」

俺は転生した。しかし、転生した先の世界が、前の世界とどういう位置関係にあるのか。

全く別の世界なのか、それとも、同じ時系列の世界なのか。

☆

ほどなくして、馬車は学園の敷地内へとやってきた。

校門から校舎まで、馬車でなければこれないほどの広大な敷地。

城か、と見まがうほどに立派な校舎……。


「ん？　なんだろう……このお城、なんか見覚えがあるような……」

おかしな表現ではあるが、つい最近みたような外観をしていた。

ユリウスとしての記憶ではなく、勇者としての記憶の中での話だ。

まあいいか、と俺は特に疑問を持たず、校舎に入って……そして立ち止まる。


「教室……教室……俺、どこで授業受けていたんだっけ？」

ユリウスの知識を探ってみるが、しかしすぐに答えが出てこない。

知識の引き出しは、どうやら全てがスムーズに開くわけじゃないらしかった。

周囲を見渡してみると、白い服に身を包んだ、優男が廊下に立っている。

生徒達はその優男におはようと気安く声をかけていた。

先生らしきその男に近づいて、挨拶をする。


「おはよーございます」

「…………」

「なにか？」

「あ、いや……君がこうして挨拶をしてくれたのが、初めてで、少々戸惑っていたのですよ」


どうやら前世の俺は、少々性格に難アリだったのだろうか。

「改めて、おはようユリウスくん。今日は早いですね。いつも寝坊してくるのに」

「今日はちょっと早く目が覚めてさ。ところで、俺の教室ってどこだっけ？」

「……君は弟くんと同じ、一年A組では？」

「そうだった。さんきゅー」

俺は優男に礼を言って、その場を離れようとする。

「ユリウスくん」

「なに？」

「……もしかして、目覚めたのかな？」

男の質問の意図がわからなかった。

「あ、いや。すまない。聞くまでもありませんでしたね」

特に俺は気にせず、その場を後にする。

「学園長！　おはようございまーす！」

他の生徒が、さっきの優男に挨拶をする。

「あー……そっか。あの人学園長だったわ。たしかイセルス学園長、だっけ」

どうにも記憶が混同しているせいで、顔と名前がパッと出てこない。

……と思っていたそのときだ。

「兄さん」

後ろからガイアスが声をかけてきた。

「なんでここにいるの……？」

「なんでって、勉強しに来ただけだが？　学生の本分だろ」

「いや、そうじゃなくって。あんなボロ馬車で、なんで遅刻せずにこれたのって話？」

「まあ、ちょいちょいっとね。それよりさ、教室一緒に行こうぜ」

俺はガイアスの肩に腕を回そうとする。

だがその手を、弟はバシッと払った。

「気安く触れないでくれるかな！」

フンッ！　とガイアスがそっぽ向いて、俺の元から離れていく。

「……今日もあの二人仲悪いな」

「……ま、あんな出来損ないの兄貴と一緒にされたら、自分の評判まで落ちちゃうからな」

遠巻きに、学生達が俺を見て、ヒソヒソと何事かを話している。

俺は一人納得したようにうなずく。


「弟は俗に言う、ツンデレってやつか」

☆

嫌がるガイアスとともに、俺は自分の教室へ到着した。

教室は実に広々としており、階段状に机が配置されている。

「あーん♡　ガイアスぅ～♡」

突如として、小柄な女の子が、弟の体に抱きついてきた。

ショッキングピンクの髪をツインテールにしている。

「やぁヒストリア。おはよう」

「ん〜ちゅっ♡」

俺の目の前で、彼女はなんとキスをしたではないか。

「ひ、ヒストリア。やめてっていってるだろ」

「いいじゃなーい。もう一度、おはよーのちゅー♡」

俺は二人の熱々っぷりを見て、察する。

ははん、なるほどガイアスの恋人か。

「……うわぁ、ヒストリア王女、今日も出涸らしの前で堂々といちゃついてるよ」

「……あの落ちこぼれも不憫《ふびん》だよな。婚約者の心が弟の方にあるなんて」

学生達のひそひそ話をよそに、俺は教室の中へと入る。

「ちょっとユリウス！」

振り返ると、ヒストリアが目尻をつり上げて、俺をにらんでいる。

「このアタシに挨拶もないわけ？」

「ん？　ああ、おはようさん」

「はぁ!?　なにそれムカつくんですけど。アタシは王女なのよ、そんな態度とっていいわけぇ？」

ユリウスの記憶をあさると、ヒストリアはこの国の王の何番目かの娘なんだってさ。

「ん。おお、気を悪くしたらすまんな」

俺が普通に謝ると、ヒストリアが目を丸くする。

俺はヒストリアのもとを離れる。

一方で弟と彼女が会話する。

「なんか今日のあいつ、変じゃない？」

「ボクも思った。なんかいつもよりしゃっきりしている気がする……」

「ま、どーでもいいわあんな出来損ないのクズなんて！」

「……ヒストリア、あんまり王女がそんなこと、人前で言っちゃダメだぞ」

恋人同士がいちゃついている。

だがクラスメイト達は特段気にもとめていない様子だ。問題は……。

「おはようさん」

「え…………？」

俺が挨拶をするだけで、みんなびっくりしていることについてだ。ユリウスの記憶によると、確かに俺はあまりクラスメイト達と交流を持っていなかったらしい。

親しげに話してくるやつもおらず、どうやら俺は教室では孤立していたらしい。

「どこに座るかな……」

席は自由に座って良いらしい。けれど結構指定の席みたいなものがある程度あるみたいだ。

友達と連れだって座っているクラスメイトが多い。

教室の一番端、窓ぎわの席がぽつんと空いていた。

そこの隣には、髪の毛で顔を隠した女子生徒が座っていた。

「おっす、おはよう」

その子はびくんっ！　と体を大きく硬直させる。

伸ばした前髪で顔を完全に覆い、猫背ぎみのその子は、ともすれば幽霊に見えなくもない。

「…………おは、よう」

おお、唯一挨拶を返してくれた。なかなか良い子だな。

「俺ユリウス。よろしく」

「……エリーゼ。よろしく、です」

彼女に手を伸ばす。

おどおどしながらも、手を握ってきた。

「なれなれしかった？」

「ち、ちがっ、びっくりした、だけで……」

勢いよく首をふったそのとき、隠れていた耳が、隙間から見えた。

「……ん？　長い耳？」

バッ！　と彼女が両手で耳を隠す。

「なんで隠すんだ？」

「……ハーフエルフは……気持ち悪い、でしょう？」

「え。そんなことない。むしろ可愛いよ」

キーンコーンカーンコーン……。

教室のドアが開き、先生が入ってきた。どうやら授業が始まるらしい。

「……可愛いって、初めて言われた」

☆

教室に入ってきたのは、とんがり帽子を被ったおばちゃんだった。

「では一限目、魔法座学の授業を始めますよ～」

最初は魔法か。懐かしい、俺も爺ちゃんに魔法のことについては色々教わったっけ。

けどそれ以来誰からも魔法って習ったことないんだよな。ある意味我流というか。

さて、どんな未知の魔法があるのだろうか。ちょっとだけ楽しみだった。

「黒板に魔法陣を描きます。これが何の魔法か当ててもらいましょう」

おばちゃんが白墨を手に、かかかっ、と複雑な模様を描いていく。

「ではこの魔法陣、なんの魔法かわかるひと？」

ちらほら、と手を挙げている。

どれどれ、どんな魔法かな……って、あれ？

「は……？　なんだ……これは……？」

俺は呆然《ぼうぜん》とつぶやく。

「こんな……あり得ないだろ……」

信じられない物が黒板に描かれている。

そんななかで、おばちゃんは俺に当てる。

「ではユリウス＝フォン＝カーライルくん。答えてみてください」

「いや……ええっと……」

「ぷぷっ！　ユリウスのバカにこんな高度な問題解けないわよね～、ガイアスぅ～」

ヒストリアが隣に座る弟に抱きついて言う。

「そうだね。兄さん。わからないようなら、ボクが答えてあげようか？」

おっと答えがわからないと思われているのか。

しかし弟はほんといいやつだな。助け船を出してくれるなんて。

「それには及ばん。【火球《ファイア・ボール》】……でいいんだよな？」

「正解です」

ざわ……！　と教室内がざわめく。

え、なんで驚いているんだ……？

「お、おまえわかったか？」「え、全然わからんかった」「出来損ないの兄が答えたなんて……？」

なんでこんな、下級魔法の魔法陣がわからないんだ……？

「よく勉強なさっていますね。そうです、これは【火球】発動の正しい魔法陣です」

「え、先生なに言ってるんだ？　ぜんぜん間違いだらけじゃないか？」

さらに、教室内がざわめく。

「ま、間違いだらけ……ですって？」

「授業を妨害するなよ！　ちょっと難しい魔法陣を答えられたくらいで調子に乗るな！」

兄貴が授業の邪魔して、周りに迷惑をかけないように気を遣っているのだろう。

おばちゃんが若干険のある声で、俺に言う。

「あなたはこの魔法陣を正しい物に作り替えることは可能なのかしら？」

「え、そんなの楽勝だろ？　なぁ」

俺は周りを見渡して言う。

だがクラスメイト達は俺に不審な目を向けてくる。

「ま。いいや。じゃ、ちょっと失礼」

俺は立ち上がって、黒板の前までやってくる。

先生から白墨と黒板消しを受け取る。


「ここをこうして、ちょいちょいちょいっと」

先生の描いた魔法陣に手を加えること十秒ほど。

なんか変に手が加わってて、複雑になりすぎてたから、余計に時間かかっちゃったな。


「ほい完成。どうだい先生？」

「随分とスッキリしましたね。こんな少ない文字数で……」

おばちゃんは俺の作った魔法陣を見て、その場で硬直する。

数分くらいブツブツ独り言を言っていた彼女は、その場に腰を抜かして倒れた。

先生は立ち上がって、俺の手を握る。


「素晴らしい！」

先生は涙を流しながら熱弁をふるう。

「とても見事な魔法陣です！　少し手を加えるだけで威力は三倍！　発動時間を極限まで短縮！しかも消費魔力は十分の一まで抑えられている！　まさに天才的な発想ですぅ！」

先生が俺のことをべた褒めする。だが俺は困惑の方が大きかった。

こんな単純な魔法陣を、どうしてあんな非効率的な術式で構築していた？　しかも、さっきのがスタンダードみたいだし。

「なあ弟よ。本当にさっきのが、この世界では一般的だったのか？」

「～～～～！　知らないよ！」

弟はフンッ！　とそっぽ向いてしまった。

「が、ガイアスぅ～……あれ、わかった？」

「うるさい！　黙れ！」

自分の恋人に声を荒らげるのは、感心できないな。

けど……本当にどうなっているのだ？

「ゆ、ユリウスくん!?　いったいどこでこんな高度な魔法を習ったのです？」

「え、爺ちゃんからだけど……」

「ぜひ！　ぜひともその御方とお話ししたいのですが！」

そんなのは……無理だ。

もう、俺は爺ちゃんと会うことができない。

「あ、ごめんなさい……何かつらいこと思い出させてしまいました？」

「ん。いやまあ気にしないで。もう終わったことだしさ」

ちょうどそのタイミングで予鈴が鳴った。

「また今度、気が向いたらでいいので教えてくださいね！」

☆

二限目は実技の授業らしい。

生徒は動きやすい服装に着替え教練室《トレーニング・ルーム》へ移動した。

教練室は闘技場みたいな造りだった。

二階は観戦できるようになっている。

「大会も近いことだし、今日は定期魔力測定を行う」

実技の先生が、集まった生徒達を見渡して言う。

先生の隣には、人間大の金属板が置いてあった。

「もう知ってるだろうが一応説明しておくぞ。魔力測定板。手で触れることにより、表面に体内に保有する魔力値が表示される」

　前世でも同じものがあった。

「では、測定を始める。一列に並べ」

　生徒達が測定板の前に整列していく。

「……見てガイアスぅ。魔無しのクズが並んでるわ」

「……恥をかくってわかってるのに、なんで並んでるんだよ。ほんと身の程知らずなんだからさ」

　ガイアスと恋人は、俺より前に並んでいる。

　ヒストリアはどこか蔑んだような顔で、弟は何かを憐《あわ》れむのような顔をしていた。

　さて、一番目の生徒が、測定板に手を触れる。

　板の中央に、じんわりと数字が浮かび上がる。

「ま、魔力値……十五ぉ？」

　前世での十五歳の平均値は、四桁くらいだった。

　あの子は先天的に魔力量が少なく苦労しているのだろう。

「うむ、平均値だな」

「え？　うそ？」

「魔力の値は一般的に、その人の年齢の数値と同じと言われているからな」

「ボクらは十五歳だからあれでいいんだよ。そんなことも知らないの？」


クラスメイト達も、何を今更みたいな顔をしていた。

その後も生徒達が魔力を測っていく。

確かにみな十五前後だった。

たまに二十を超えるものがいる。そのときは拍手が起きた。


「次、ガイアス＝フォン＝カーライル」

「ガイアスぅ～♡　がんばってぇ～ん♡」

「ありがと。……見てなよ兄さん。これが兄さんとボクの実力の差さ」


ガイアスがチラリ、と俺を見た後、測定板に手を触れる。

自信に満ちた表情を浮かべる。

かなりの魔力量なのだろう。

まさかと思うが、前世の赤ん坊の平均値だった百を超えてないってことはないよな？

「………ご、五十ぅ？」

ガイアスの出した結果に、俺は目を丸くする。

「おれらの三倍もの魔力量を持つなんて！」

「さすがよガイアス！　あのクズよりあなたを選んで正解だったわ！」

俺は狐《きつね》につままれてる気分だ。


「次。ユリウス＝フォン＝カーライル」

俺の番となり、所定位置につく。

「……魔無しのゴミが笑いものになるのを、一緒に笑ってあげましょぉ」


俺は先生に言う。

「全集中をつかってもいいですか？」

「全集中とは？」

「大気に満ちる魔素《マナ》を取り込んで、体内魔力に変換する特殊な呼吸法です」

「な、何を言ってるんだおまえ……？」


人間の魔力量なんて、膨大な体内魔力を持つエルフや魔族と比べたら微々たる物だ。

だから大気中の魔素を取り込んで魔力にする技術は必須だったはず。

「兄さん、授業の進行を妨げないでよ」

「すまん。そんじゃ、いくぞ」

測定板に手を触れて、魔素変換を使う。

パリィイイイン！

「なっ⁉　そ、測定板が壊れたぁ⁉」

「なんだ、機械トラブルね。残念……って、どうしたのガイアス？」

「……う、嘘《うそ》だ。兄さんは魔力ゼロのはずなのに！　どうして！」

☆

「つ、次は、魔法の威力測定を行う」

先生が、カカシのようなものを持ってくる。

「魔法を打つと、威力が数値化される。絶対に壊れないよう防護されてる。安心して打ってこい」

前世では、そんなものなかったな。

「では、誰かに手本を見せてもらおうかな」

「先生、ボクが、みんなに魔法のなんたるかを披露してみせましょう」

ガイアスが胸を張って、カカシの前に立つ。

「……そうさ。さっきのは機械の故障だ。ボクのほうが兄さんより上なんだ！」

自信満々だし、さぞすごいのだろう。


「我は望む！」

ど、どうしたガイアス、急に叫びだしたぞ？

「我が手に集え炎よ！　其《そ》は魔を滅する破壊の炎！」

「あーん♡　ガイアスの呪文詠唱ちょーかっこい～♡」

こ、こんな無駄の多い、わけのわからないものが、呪文詠唱だって……？

「我命に従え！　そして焼き尽くせ！」

ま、まあ大規模の魔法発動には、儀式による呪文詠唱は必須だったしな……。

【煉獄業火球《ノヴァ・ストライク》】みたいな極大魔法だろうか。


「【火球《ファイヤー・ボール》】！」

ガイアスの手から、小指の先くらいの火の球が出てくる。

それは蛍のように、ふよふよと頼りなく、非常にゆっくり飛んでいく。

時間をかけて、火の玉はカカシにぶつかる。

ぽひ……、と情けない音を立てて消えた。とてもお粗末な魔法だ。

先生からの評価も散々だろこれ……。


「素晴らしい！　威力、射程、申し分ない！　まさに天才の名にふさわしい魔法だ！」

先生も同級生達も、ガイアスを大絶賛していた。

「いやいや、そんなことないだろ」


ガイアスは不機嫌な顔をして、俺に近づいてくる。


「何か言った、兄さん？」

「この程度なわけないだろって」

「はぁ⁉　魔法の使えないクズが、なにガイアスをバカにしてるのよ⁉」

「え？　馬鹿になんてしてないって」

魔力量が少なくとも、五十もあればもう少し威力があってもおかしくない。

あんなポヒ……みたいな威力になるのはさすがに変だ。

「そこまで言うなら、兄さんの魔法見せてよ」

「お、いいぞ」

俺はカカシの前に立つ。


「【火球】」

俺の右手から、三メートル程の火の玉が出現。

凄まじい速さで吹っ飛んでいき、カカシと激突する。

威力が強すぎて、背後の壁すらも破壊してしまった。


「な、なんてすごい魔法だ……もしや、失われし極大魔法【煉獄業火球】では？」

「え、ただの【火球】だけど」

「「はぁあああああ!?」」

先生も、ガイアスも驚愕《きょうがく》の表情を浮かべる。

「同じ火球であの威力、しかも呪文を詠唱しないなんて……！」

「え？　だいぶ手加減したぞ？」

弟はその場にへたり込み、がくりとうつむく。


「す、すごいじゃない！　ユリウスぅ♡」

ヒストリアは、喜色満面で俺に近づいてくる。

「あんた、実力を隠してたのね！　んも～早く言いなさいよぉ～♡」

彼女は俺の腰にしがみついて、気色の悪い声を上げる。

「アタシわかってたわ。あなたが本当は凄い人なんだって。さすがアタシのダーリン♡」

「え、何言ってんの？　おまえ弟の恋人だろ」

弟に悪いと思って、ヒストリアの肩をつかんで、引き剝がす。

「自分の恋人ほっぽっといてダーリンはないだろ。そういうのよくないぞ」

ぽかんとするヒストリア。

ゆらり、と背後で弟が立ち上がる。

「勝負だ！　ボクの方が上ってこと思い知らせてやる！」

☆

教練室の中央に、俺と弟が相対している。

同級生達は、二階の観戦席から、俺たちを見下ろしていた。

「何を使っても良いが殺しはなしだ。どちらかが気絶か参ったと言った段階で試合終了。いいな？」

先生に言われて、俺たちはうなずく。

まあなんで正直戦うのかは理解できない。けど可愛い弟の頼みだからな。

「では……試合、開始！」

ガイアスはポケットから、手のひらサイズのクリスタルを取り出す。

「いでよ、我が最強無敵の召喚獣よ！」

結晶を床にたたきつける。

床に魔法陣が浮かび上がり、そこから大きな生き物が出てくる。

人間の倍くらいある、赤いトカゲだ。


「わがカーライル家に代々伝わる最強の守護獣・火蜥蜴《サラマンダー》！　そのレベルは三十！」

「そんなまさか……三十だって？」

「さぁ火蜥蜴！　兄さんに現実を教えてやるんだ！」

ガイアスの命令を受け、火蜥蜴が俺めがけて、炎を吐き出す。

業火が波のように押し寄せてくる。

「が、ガイアス！　殺しは無しと言ったはずだぞ！」

「はっ！　しまっ……感情の高ぶりで魔力が……兄さん！」

「ん？　呼んだか？」

「はぁあああああああ!?」

俺は服についた火の粉を、手でパッパッ、と払った。体に全くダメージはない。

「どうして⁉　レベル三十の召喚獣による攻撃を受けて平然としてるんだ⁉」

「いやそれ駆け出し冒険者でもたおせるレベルだぞ」

この程度の攻撃なら、勇者《おれ》にはノーダメージだ。

魔法防御力のステータスが高いからな。


「くそっ！　追撃しろ！」

火蜥蜴が火の玉を十個ほど吐き出す。

その全てを、体をひねる最小限の動きだけで躱《かわ》す。

「なっ、なんだよ今の超人的な動きはッ！」

「敵の攻撃の軌道を予測し、避けるだけだ。こんなの基礎だろ？」


その後も火蜥蜴は炎で攻撃し続けた。

次第に尻尾の炎は縮んでいき、ついに消えた。

「魔力切れか？」

「うるさいッ！　飛びかかって押しつぶしてしまえ！」

火蜥蜴は高くジャンプする。

かなりの巨体だ、このままでは圧死する。

俺は火蜥蜴の顔面を掴《つか》み、左腕一本で支えている。

「あの巨体を軽々持ち上げるなんて！　いったい何をしたぁ⁉」

「え、闘気《オーラ》で身体強化してるんだけど？」

大気中の自然エネルギーを体内に取り込み、爆発的な運動エネルギーへ変換する技術だ。

トカゲの顔面を掴んだ状態で、思い切り、床にたたきつけた。

激しい音とともに、大きなクレーターができる。

今ので、火蜥蜴はこっぱみじんになった。


「そんな……嘘だ……」

うつむき、体を震わせるガイアス。

「ボクが……兄さんに負けるなんて……」

しかし威力テストのときといい今の召喚獣の操作といい、すごい手抜き感があった。

いや、待てよ。周りから天才扱いされてる弟が、こんなもんなわけがない。


「あ、なるほど。能ある鷹《たか》は爪を隠す的なやつか。これからが本番ってわけか」

「くっ！　う、うぉおおお！」

武器も持たず、闘気で体を強化もせず、ただ突っ込んでくる。

弟は、へろへろのパンチを繰り出してきた。

「だが兄ちゃんも黙って負けるわけにはいかないぞっと」

ガイアスの腕を摑んで、勢いを殺さず、そのまま宙に投げ飛ばす。

「うわぁあああああああああ！」

二階の天井付近まですっ飛んでいった。

そのまま重力に従い、弟が落ちてくる。

「助けてぇえええええ！　兄さんぁあああああああん！」

俺は人差し指一本を立てる。

そこへ弟がちょうど落下した。

そのまま弟をお姫様抱っこし、すっ……と下ろす。

「怪我ないな？」

ガイアスは小さくうなずく。

「勝者……ユリウス！」

☆

二限目のあと、いったん教室に戻って着替えた俺は、医務室へとやってきた。

あのお遊びが終わった後、弟はここへ運び込まれたのだ。


「信じられない！　あんなクズに負けるなんて！」

医務室に、ヒストリアの金切り声が響く。

部屋の奥のベッドに、ガイアスが寝ている。

そのそばに彼女が居た。


「あんたなんてもう知らない！」

王女はベッドから離れ、ひとり部屋を出て行こうとする。

すると正面から来た俺と鉢合わせした。


「あ～ん♡　ユリウスぅ～♡」

「弟の具合はどうだ？」

「知らないわ、あんな負け犬」

吐き捨てるようにヒストリアが言うと、俺の腕を掴んでくる。

「ねーねー♡　ユリウスぅ～♡　ひさしぶりに王城にこなーい？　一緒にお茶しましょ～♡」

俺は彼女の腕を、バッ！　と振り払う。

「弟の恋人のくせに、よくそんな態度とれるなおまえ。見損なったよ」

呆然とする彼女をよそに、俺は弟の元へ向かおうとする。

「ま、待ちなさいよ！」

ヒストリアは俺の腕を掴んで、必死の形相で言う。

「あんたを好きになってやろうっていうのに、何その態度！」

俺は彼女を見据え、覇気を込めて言う。


「他人を馬鹿にする女を、俺は好きにならない」

気を当てられたヒストリアは、その場にへたり込んでしまった。

彼女を放置して、弟のもとへゆく。

「……何しに来たんだよ？」

「迎えに来たんだよ。一緒に教室に帰ろうぜ？」

弟はベッドから降り、出て行こうとする。

「ついて来るな！　……ボクは譲らないぞ、家を継ぐのは、このボクだ！」

ガイアスはそう言い残すと、また歩き出す。


「ま、待ってガイアスぅ～……」

弟の腕に、ヒストリアがしがみつく。

「やっぱりあなたがアタシの愛しい人よ。さっきは酷いこと言ってごめんね」

「黙れ！　もうおまえなんて知るか！」


ガイアスは恋人を残して、走り去ってしまった。

「ちょっと待ってよぉ！」

悲痛なる声を上げる王女。

俺は去っていく弟の後姿を見て反省する。

「怒らせちゃったな」

後で謝っとかないとな。


「ねぇユリウスぅ〜……アタシ、立てないのぉ〜……助けてぇ〜……」

ヒストリアが弱々しく、俺を見上げながら言う。

「大丈夫だ。少しすれば動けるようになる」

「やだぁ、教室まで送ってよぉ。愛する女がここまで言ってるのよぉ？」

「愛してるのはガイアスなんだろ？　今朝からずっとラブラブだったじゃんか」

「なっ、何言ってるの！　アタシが愛してるのは婚約者であるあなた！　ただひとりなのよ！」

ヒストリアは必死の形相で訴えてくる。

「あの出来損ないのクズ弟に、自分の女にならないと殺すって脅されてたの！」

地べたを這《は》いつくばりながら、ヒストリアは俺の元へやってくる。

腰にしがみついて、へらついた笑みを浮かべる。

「でももう安心ね。あなたとても強いんだから！　アタシのこと、あのクズから守ってよ」

……俺はヒストリアの手を、やや強めに払う。

「他人の家族のことを、出来損ないだのクズだのって言うな。たとえおまえが王女だろうと、さすがに失礼だろ。特に、人の上に立つ人間ならなおさら、発言には気を遣うべきじゃないか？」

「そ、それは……」

「ガイアスが本当におまえとの関係を強要したのかは知らん。だが、おまえが人の弟に酷いことを言ったのは事実だし、俺は不愉快に感じた」

俺はハッキリと、口にする。

「おまえとの婚約、解消させてくれ」

ヒストリアが、青白い顔で、俺を見やる。

「じゃあな」

「待って！　それだけはやめて！　お父様に怒られちゃう！」

さらに必死になって、ヒストリアが縋《すが》り寄ってきた。

「浮気してたことに怒ってるの⁉　女の浮気ぐらい男なら許しなさいよ！」

「王女なんだから、他に男もごまんといるだろ。別のやつにしてくれ」

「それは駄目よ！　だって、あなたは予言の子だって、お父様が……」

「予言の子？　……よくわからんが、もういいか？」

俺は転移魔法を発動させる。指定した座標まで、一瞬で移動する魔法だ。

「ごめんなさい！　もう浮気しません！　だから考え直して！　第八王女《アタシ》はあんたの家とのパイプ役なの！　婚約破棄されたらお父様から――」

視界が一瞬にしてぶれる。

教室の所定の位置まで戻ってきた。


「ユリウス……くん？」

ハーフエルフの少女・エリーゼが、俺を見て目を丸くしている。

「おっす。授業に間に合ったみたいだな」

「う、うん……今、転移してこなかった……？」

「え、うん。こんなの普通に使えるよな？」

「そんな、高度な魔法……普通使えないよ。すごい……」

ここにきて違和感がはっきりと強くなった。

魔法の知識、実力、そして実戦訓練でのあの弟の弱さ。

明らかに、この世界の魔法レベルは劣っていた。


「どうなっていやがるんだ、この世界は……？」

困惑している俺をよそに、三限目の授業が始まる。

初老の先生が入ってきて、教科書を開いて言う。

「本日は、二千年前の英雄、伝説の勇者神ユージーン様の歴史について学んでいきましょう」

☆

歴史の教師が語ったことに、俺は耳を疑った。

「どうしましたか、ミスタ・カーライル？」

「あ、いや……なんでも、ない……です」

二千年前の英雄？　勇者神？

唐突すぎて、何が何やらだ。

「かつて世界には史上最強の魔王ヴェノムザードがいました。長きにわたる暗黒の時代を終わらせた大英雄、それが、勇者の神とも言えるユージーン様なのです」

ここは、俺の知っている世界、しかも未来の世界だと言うこと。


「未来に来ちまったのか……俺は……そ、そうだ！」

俺は教科書をめくり、そして……それを見つけた。

「…………」

「ど、どうかしましたか？」

「い、いえ……すんません」

「そ、そうですか。ではついでに、答えてもらいましょうか。英雄アランについて」

英雄……アラン。

爺ちゃんの名前だ。そこに英雄とついていることに、俺は安堵《あんど》とともに喜びに打ち震える。

「どうしました？　わからないのですか？」

俺は立ち上がって、朗々と、語り出す。

「アランは元勇者だ。彼はヴェノムザード討伐失敗後、山にこもっていた。そこで拾った孤児が後の勇者ユージーン。彼に教えたのは勇者直伝の剣術、武術、治癒術、魔法。極めたそれら技術を彼は惜しみなく、ユージーンに教えた」

爺ちゃんから教わったものを、俺は事細かく説明していく。

「剣術の奥義・虚空剣は空も海も大地も、万物を切り裂く。闘気や禁術といった武術の奥義も、欠損した四肢や死後直後なら蘇生《そせい》させられる魔法、さらに無数の極大魔法に儀式魔法。アランは自分が築き上げてきた奥義の数々をユージーンに惜しみなく伝授した」

俺にとっては、その全てが爺ちゃんとの思い出だ。

忘れるわけがなかった。

俺が語り終えると、しばしの沈黙があった。

「せ、先生。勇者アランって、たしか勇者神さまの祖父ってのが、模範解答ですよね？」

生徒の一人が手を挙げて、疑問を口にする。

「え、ええ。そうなんです。しかし最近の学会では、たしかに、勇者神さまに多大なる影響を残したという学説が発表されたのです」

「ま、まじかよ」「なんでそのこと知ってるんだ?」「あそこまで細かく知ってるなんて……」

先生が恐る恐る尋ねてくる。

「来年度の教科書に載るような、最新の説を、なぜ……ユリウス君が知っているのですか?」

「先生。すんません、俺早退します」

「なっ⁉ ど、どこへ行くのですか?」

「ちょっと、会いに行かないといけない人の元へ」

俺は教室の窓をあけると、そこから飛び出す。

☆

やってきたのは、人里離れた森のなか。

俺の背の高さくらいまで伸びた草木をかき分けながら進んでいく。

少し開けた場所に到着すると、井戸のある、ボロい家が建っていた。

「固定化の魔法がまだ効いてるみたいだな」

ここはかつて、俺《ユージーン》が爺ちゃんと暮らしていた家だ。

俺が出立する際に、劣化を防止する魔法をかけておいたのだ。

家の裏手に回って進んでいくと、やがて石を削って作った墓が見えてきた。


「ただいま、爺ちゃん」

ここは転生前の俺がいた世界と同じ時間軸。

全くの別の世界ではないから、爺ちゃんの墓もある。

俺は収納魔法で、亜空間にしまっていた酒瓶を取り出す。

ことり……と墓の前に置く。そう、俺がここに来たのは墓参りと……そして、報告するためだ。

俺は両手を前に突き出す。

創生魔法を使う。魔力で万物を作り出す魔法だ。目の前に一本の剣が出現する。


「ふぅー……よしっ」


剣を構え、全集中を使って魔力を体に取り込む。

膨大な魔力は空気を振動させ、その全てを刃に載せることで、刃が黒く染まっていく。

黒い刃を振り上げて、俺は虚空に向かって剣を振る。

「虚空剣……御《み》霊《たま》送り」

ギンッ……！　と何かが壊れる音。

ずるりと崩れ落ちていくのは、この世とあの世を分断していた、世界の壁。

『まったく……あいかわらず、無茶をする子だな』

壁の向こうからあらわれたのは、半透明の体の……爺ちゃんだった。

思わず飛びつきたいという気持ちを、グッと抑えた。

爺ちゃんは霊体だから無理とか、そういう理由じゃない。

あまり寂しそうにしたら、俺を一人置いてあの世に逝ったことに罪悪感を覚えさせてしまう。

『冥界との間の壁を虚空剣で切断し、死者の霊を呼び出す高等技術。完全に会得しておったか』

「うん。爺ちゃんが死んだ翌日にはできていたよ」

『なんとまぁ……規格外すぎるな、おまえは』

苦笑する爺ちゃんを見て、俺は安堵の吐息をつく。

……なぜすぐに使わなかったのか。簡単だ。次に顔を合わせるときは、魔王を倒す使命を果たしたときだと決めていたからだ。

「久しぶり。ほい、手土産」

『おお！　こんなものよくこの世界で手に入ったな』

大分古い銘柄だ。二千年後の世界には存在しないだろう。

「俺が作ったよ。錬金魔法でさ」

『まったく、おまえというやつは才能の塊のようなやつだな。……だからこそ、魔王を倒すという偉業をなしえたのかな』

爺ちゃんはどうやら、ヴェノムザードが死んだことを知っているようだ。

「そりゃ違うよ。師匠の教えが良かったんだよ」

『……そうか。おまえもお世辞が言えるようになったのだな』

ニカッ、と爺ちゃんが笑う。

俺もまた、ニッと笑って言う。

「魔王倒したよ、爺ちゃん」

爺ちゃんは俺をまっすぐに見て、静かに笑う。

『よくやった、さすが自慢の孫だ』

☆

長い時間をかけて、今日ここに至るまでの報告をした。

辺りはすっかり夜になっており、満天の星が頭上には広がっている。

『ユージーン。これからおまえ、どうするのだ？』

ひとしきり話し終えた後、爺ちゃんが真面目なトーンで言う。

「どうって……どうもしないよ」

俺が魔王を倒したことで、元勇者《アラン》を英雄にする。それが俺の目標だった。

それが達成できた今、俺には何もなかった。


「もうゴールしていいよな？」

『……バカを言うな！』


「ど、どうしたんだよ？　俺、何か怒らせるようなこと言った？」

『ああ言ったさ。バカものめ！　本当に……おまえは、バカだ……』

爺ちゃんは俺のとなりにやってきて、まっすぐに目を見ていう。

『わしの無念を晴らしてくれたこと、心から感謝する。だが……もう良いのだ。今度はおまえの人生を歩め』

申し訳なさそうに、爺ちゃんが言う。

『すまない。祖父の無念という呪いに囚われ、おまえの人生をゆがめてしまった』

「そんなこと、一度だって思ったことないよ」

俺は自分の意思で、爺ちゃんの思いを受け継ぐって決めたんだから。

『ありがとう、心優しき孫よ。だが……もう十分だ。おまえは、おまえの人生を歩んで欲しい。勇者としてではなく、おまえ個人の人生を……な』

勇者ユージーンとしての人生は、元勇者アランの二周目のようなものだと。

爺ちゃんは語る。

無念を晴らそうという思いばかりで頭がいっぱいで、自分の人生を歩めていなかったと。

「爺ちゃん……見てたの？」

肯定も否定もしないその姿に、俺は気づかされる。

見ていたのだ、この人は。一人残した孫が心配で、幽霊となって旅についてきていたんだ。

でなければ、ヴェノムザードが討伐されたことを、死後に知っているわけがない。

「ごめん」

『頭を下げるな。謝るのは、わしの方だ』

俺は自分の意思で、勇者アランの遺志をついだつもりだった。

でも結果的にそれは、爺ちゃんを苦しめる鎖になってしまった。

「ねえ、爺ちゃん……どうすれば安らかに逝ってくれる？」

『わしの望みは一つだ。ユージーン。おまえが、自分の思うままに、自分の好きなように生きてくれさえすれば……他に何も望まんよ』

そのオーダーは、俺にとっては……すごく難しい。魔王を倒し終えた勇者《おれ》には……。


『ならば探せ。この二千年後の未来で。おまえのやりたいことを。真剣にな』

ニッ、と爺ちゃんは笑って言う。

『おまえならばきっと探し出せる。おまえが、心からやりたいと思えるようなことが。上を見よ』

天上には雲一つない夜空が広がっている。銀河は無限に続いていた。

『夜の空には無数に輝く星々がある。その中から特定の一つを探すことは至極困難だろう。……だがおまえがこれからすることは、そうじゃないんだ』


俺の頭に手を乗せて、優しく微笑む。

『自分が最終的に、これが自分のやりたいことだったのだと、胸を張って言える何かを持って死ねれば良い。それを後でわしに見せてくれ』

爺ちゃんが手をおろして、俺からの答えを待つ。

俺からの返答は決まっていた。

「わかった。探してみるよ」

俺が死んで、爺ちゃんと同じ場所にいったとき、退屈な土産話にならないように。

もう二度と、爺ちゃんに負い目を感じさせないように。

いっぱいの楽しい思い出を持って死のう。

「ごめんね、爺ちゃん。死ぬ前にいろいろ用意してくれてたのに、無駄にしちゃってさ」

『気にするな。家族じゃないか。迷惑かけても謝るな。……わしのほうこそ、すまなかった。おまえに重いものを背負わせてしまって』

「気にすんな。家族じゃねえか、だろ？」

俺たちはニッ、と笑う。

『安心したよ。……ではなユージーン』

すぅ……と爺ちゃんの姿が透けていく。

『あまり早くこちらに来るでないぞ』

「わかってるって。そっちこそ、遅すぎるからって、迎えに来ないでくれよ」

『バカ抜かせ……達者でな』

やがて、爺ちゃんの姿が完全に消えた。

そのタイミングで、夜が明けた。

朝日の到来に、俺は決然とうなずく。

「よし決めた。俺はもうユージーンじゃない。アランの孫でもない。……ユリウス＝フォン＝カーライルだ」

ぐっ、と太陽に向かって拳を掲げる。

「二度目の人生、せいぜい楽しんでやるかー」

☆

転生勇者ユージーンが、ユリウスとして生きる決意をした、一方その頃。

明け方の学園内にて。

真っ暗な教練場に立つ男が、一人。

イセルス＝フォン＝エインワース。この学園のトップである男だ。

彼はしゃがみ込んで、砕け散った測定板の破片を手に取る。

「この世界の人間の魔力で、これを割ることは不可能。と、すると……」

立ち上がって、彼は微笑む。

「なるほど……やはり予言は正しかったのですね」

手に持った測定板の破片を、強く握る。魔力が伝達されると、パキンと音を立てて壊れた。

「確かめねばなりませんね。ユリウス＝フォン＝カーライル。あなたが、次世代の魔王にふさわしい人物かどうかを」

# 第2章　勇者、波乱の学園生活を送る

「ふぁー……よく寝たわ」

ふかふかのベッドから体を起こし、ぐいっとのびをする。

今朝方、爺《じい》ちゃんとの別れを済ませた俺は、転移魔法で帰宅。

そこから二時間ばかり仮眠を取ることにした。

体内時間を延ばす魔法を使ったことで、体感で八時間、熟睡したことになる。

現在は朝六時だ。

「ユリウスとして生きるとは決めたが……具体的にどうしよう」

コロコロとベッドを転がっていたそのときだ。

キンッ！　キンッ！　キンッ！

「お、なんだなんだ？」

俺は近くの窓から顔を出す。

眼下では、弟が剣を振るっていた。

「ほう、剣の稽古してるのか。感心感心」

興味を引かれた俺は、窓から飛び降りる。

闘気《オーラ》で体を強化させ、音もなく着地。

そこは広い庭だった。

中央で、ガイアスが剣を打ち合っている。


「でりゃ！　せい！　やぁっ！」

「うむ！　素晴らしいですぞ！　ガイアス殿！」


ガイアスの正面には、四十代と思われる男が剣を構えて立っていた。

無駄の多い弟の剣を、彼は実に無駄な動きで捌《さば》く。

ふたりとも雑な戦い方するなー。

魔力による身体強化はおろか、闘気を使ってない。


「こんな遊びに何の意味があるんだ……？」

困惑する俺をよそに、ふたりはお遊びをやめる。

「あの出涸《でが》らしと違い、あなた様は天才であられます！」

「そうだ！　ボクは兄さんよりも優秀なんだ！」

俺は創生魔法でタオルを作り、汗みずくの弟に近づく。

「よっ、ガイアス。お疲れさん」

「⁉　に、兄さん⁉　い、いつの間に……？」

弟の頭に、タオルをかぶせる。

「……し、信じられない。王国騎士最強の私が、こいつの気配に全く気づかなかっただと？」

ぶつくさと、おっさんがつぶやく。


「朝練なんて偉いじゃないか」

「うるさい！　兄貴面するなっ！」

ばんっ！　と俺にタオルを投げつける。

「そうだ、俺が剣術教えてやろうか。おまえと、ついでにあんたの二人に」

「「は……？」」

ガイアスとおっさんが、目を丸くする。

「この人にも、教える、だって……？」

「おう。だって二人ともまだ未熟じゃないか。これでも多少剣の心得はあるんだぜ」

「未熟……だとぉ！」

おっさんがなぜか知らないが、激昂《げきこう》して斬りかかってきた。

あくびが出るほど遅い一撃を、俺は半身をひねってかわす。


「くっ！　出涸らしの分際で調子に乗りやがってぇ！」

おっさんが俺に斬りかかってくる。

俺は創生魔法で剣を作り、その剣を軽く弾く。

おっさんは背後に、何十回と空中で回転しながら吹っ飛んでいく。


「なっ⁉　何だよ今のは⁉」

「え、攻撃反射《パリィ》だけど？」

「攻撃反射⁉　う、うそだ……剣術指南書に記された究極奥義じゃないか！」

「え？　こんなの基礎の基礎だろ？」


ガイアスは怒りで体を震わせると、俺に切りかかってくる。

早速朝練か、よっしゃ、付き合うぜ！

ガイアスが拙い一撃を放ってくる。

ちょっと速く動いて、側面へ移動。

俺は闘気を使って身体強化。

弟の剣の腹めがけて、剣を振る。

刃同士がぶつかり合って、弟の剣が砕け散った。


「ばっ、馬鹿な……我が家に代々伝わる宝剣が粉々に……？」

「あ、やべっ。新しいの作るからこれで許して」

俺は全く同じ物を、創生魔法で作り出す。

ぺたん、とガイアスがへたり込む。


「昨日のアレは夢じゃなかったんだ。どうして……急にあんただけ強くなったんだよ⁉」

弟はなぜか悔しそうに、俺を見上げる。

「え？　別に前からこんなだったろ？」

「そんなわけないだろ！　チクショウ！」

ガイアスは俺から剣を奪い取ると、ずんずんと屋敷へ戻ろうとする。

その後ろを俺がついていく。


「ついてこないでよ！」

「まあまあいいじゃん。仲良くしようぜ」

立ち止まってガイアスが、俺を睨《にら》み付けて言う。

「言っておくけどね、ボクあんたのことなんて全然好きじゃないんだからね！」

「な、なんだと⁉」

そんな……まさか。

「……それに、今更兄貴面するなってんだよ。ばか」

弟は何事かをつぶやいて、俺のもとを去っていく。

「まさか伝説の、ツンデレセリフ『あんたのことなんて全然好きじゃないんだからね』……実際に使うやつがいるなんて……」

やはりというか、我が弟は少々照れ屋のようだった。

「ふむふむ、なるほど。弟のいる生活を楽しんでみるのも、いいかもしれんな」

二度目の人生は楽しむと決めた。

ならば一度目でできなかったことを存分にやってみるのもまた一興だろう。

☆

真っ白い制服に着替えて、俺は自分の部屋を出る。

メイドさんに連れられて食堂へ。

「すでにご当主様と奥方様、ガイアス様はお食事をされております」

ドアを開けてなかに入ると、こりゃまた豪華な部屋が広がっている。

長いテーブルの上座には、ひげの男と豪華なドレスを着た女がいる。

親父とお袋だ、とユリウスの記憶が言う。


「聞いたぞガイアス！　定期魔力測定にて数値が五十だったそうだな！」

「あなたはカーライル家はじまって以来の天才よ！　あんな落ちこぼれのクズとは大違いだわ！」

なごやかに食卓を囲む家族達。


今世は楽しむと決めたのだから、家族ともできれば仲良くやっていきたいもの。

「どうしたガイアス？　食事が進んでいないようだが」

「……いい、食欲なくて」

はぁ、と悩ましげに弟がため息をつく。


兄ちゃんとしてこういうときは、悩みを聞いてあげるものだろうか。

「おっす、おはよう」

「兄さん……おはよ」

俺は親父達を見て言う。

「おはようございます、ええっと……父上？　母上？」

ペコッと頭を下げる。貴族の頭の下げ方なんてわからん。

ふたりは俺を見て目を丸くする。

「ガイアス、朝ご飯はきちんと食べておかないとだめだぞ」

「そうよ、学校で倒れちゃうわ。」

おや？　なんだか無視されている感じか、俺……？

「ま、いいや。よいしょと」

俺がガイアスの正面に座ると、父親がギロっとにらんできた。

「おい出来損ない。なぜそこに座る？」

「え、俺のこと？」

「おまえ以外に誰がいるカスめ」

「一族の恥さらしが。同じ空気を吸うことさえおこがましいわ」

「父上、母上。おやめください」

ガイアスが真っ直ぐに両親達を見やる。


「われらは誇り高き公爵家です。相応の言葉遣いというものを心がけるべきです」

おお、弟がかばってくれたぞ。

「さんきゅーなガイアス」

「は？　別にあんたをかばったわけじゃないんだけど？」

フンッ！　とそっぽを向く弟。なんだい可愛いヤツじゃないか。


「お礼ついでだ。ちょっと朝飯作ってくるな」

ひょいっと立ち上がって、俺は食堂を出て行く。

メイドに厨房《ちゅうぼう》の場所を教えてもらう。


「ユリウス様、いったい何をなさるおつもりですか？」

制服のそでをめくり、貯蔵されていた食材を前にする。

「え、料理だけど」

「りょ、料理ですかっ⁉　ユリウス様が⁉」

メシくらい普通に作るよな。

俺はちょいちょいっとフライパンに油をひいて、溶いた卵を流し入れる。

数分で料理が完成する。

「す、すごい……なんて鮮やかな手つき……！」

前世では、爺ちゃんと二人で暮らしているときは、食事を作ることが多かったからな。

作り終えたそれらを持って、俺は食堂へと戻る。

「おまたせー。ガイアス、朝飯くっとけ。ほらよ」

「だから要らないって…………兄さん、なにこれ？」

「え、フレンチトーストだけど？」

ごくり、と弟がつばを飲む。

「これ……まさか兄さんが？」

「おう。しっかり食って元気出せ、な？」

なんだか知らんが、弟は朝から機嫌が悪かったからな。

「ガイアス！　そんな物を食べる必要はなぁい！」

「そうよ！　貴族が料理を作るですって？　どこまで家名に泥を塗れば気が済むの！」

「……黙ってて」

ガイアスはふたりを無視して、フレンチトーストに手をつける。

ナイフで表面を切って、一口サイズにして食べる。

「……！」

弟はバクバクと食べ出す。

「す、すごい……なにこれ……こんなおいしい料理、生まれて初めてだよ、兄さん！」

ガイアスがやっと笑顔を向けてくれた。

「そりゃあ良かった。喜んでくれてなによりだよ」

ハッ……！　と弟が正気に戻る。

「ごちそうさま！　料理は美味かったよ、料理はね！」

そっぽを向くと、ガイアスは出口へ向かう。

ちゃんとごちそうさまが言えるなんて、できた弟じゃあないか。

「そ、そんなに美味いのか……？　おいユリウス。わしらの分はどうした？」

「え、ないけど」

「なっ⁉」

「だってあんたらメシ食ったろ？」

よいしょと座って俺は自分の分を食う。

「で、出来損ないの料理が美味いわけないわ！」

「あ、そ。ならそれでいいんじゃない。ごっそさん」

俺は立ち上がって、ひらひらと手を振って食堂を出る。

☆

朝食後。

転移魔法で、一瞬で教室の前へとやってきた。

「おはよーっす」

ドアを開けて、クラスメイト達にあいさつをする。

だが彼らが俺に話しかけてくることは、なかった。


「……おまえ、話しかけて来いよ」

「……やだよ。見ただろ昨日のあれ」

なんだか奇妙なものを見るような目というか、ま、気のせいか。

俺は昨日と同じ席を目指す。


「エリーゼだ。ん？　周りに誰か居るな」

ハーフエルフの彼女の周囲を女子達が囲っていた。

「あんた気持ち悪いのよぉ、いつも髪ボサボサでさぁ」

「幽霊みたいでキモい。髪の毛くらい切りなさいよぉ」


どうやら彼女たちは、エリーゼの髪の毛の長さを注意しているようだ。

髪の毛は伸ばし放題で、顔をすっぽり覆っている。

エリーゼは縮こまり、黙ったままだ。

あとで髪切るよくらい言えばいいのにな。

「あたしが髪の毛切ってあげようかぁ～？」

絡んでたひとりが、ハサミを持ち出す。

「丸坊主にしてあげるわよぉ～。そんでもってその醜い長い耳をさらしなさぁ～い」

逃げようとするエリーゼの長い髪を、乱暴に摑《つか》む。

パシッ……！


「そーら！　丸坊主に……って、あれ？　ハサミ、どこいったの？」

俺は彼女たちから離れた場所で、エリーゼをお姫様抱っこしてる。

指先にハサミを引っ掛けていた。

「だいじょぶか？」

「う、うん……」

俺はエリーゼを下ろす。


「あっ、あんたいつ近づいたのよ！　見えなかったわよ⁉」

「え？　ゆっくり動いたつもりだけど？」

一瞬で近づいて、ハサミを奪い、エリーゼを回収して、離れたところまでやってきた。

この間コンマ一秒。遅いな。ガイアス戦の時も思ったが、まだこの体に慣れてないらしい。

「ちょっと魔無しぃ！　邪魔すんじゃないわよ！」

さっきハサミを持っていた名も知らない女子生徒が、俺に絡んできた。

「あたしは注意してたの！　そこのボサボサ頭の幽霊女は校則違反をしてるわ」

「え、そうなの？」

「そうよ、前髪は目に掛からないように、っていう記述があるんだからっ」


確かにちょっと髪の毛長いな。前も見えにくいだろうし。

「エリーゼ、髪、切っていいか？　痛くしないから」

「……え？　う、うん」

ひゅっ……！

バサッ……！

「……え？　えっ？　う、うそ、一瞬で切れてる」

困惑するエリーゼの周囲には、金髪の毛が落ちている。

「手刀でパパッと髪の毛を良い感じに切らせてもらったよ。……って、おお、美人じゃないか」

髪の毛を切ったエリーゼは、とびきりの美少女になっていた。

雪のように真っ白な肌。青い瞳。

顔のパーツはすべて完璧に整っていた。

「なっ、なんだよあの子！　めっちゃ美人じゃん！」

「うそっ⁉　ボサ髪のエリーゼって、あんな美少女だったのかよ！」

男の同級生たちが、ざわめいてる。

「これで文句ないだろ？　ほら、ハサミ返すよ」

絡んできた女は、美しくなったエリーゼを見て歯がみする。

「ちょ、ちょっとくらい綺麗《きれい》になったからって調子乗るんじゃないわよ！」

女はハサミを持って、エリーゼに切りかかろうとする。

「それにまだちょっと目に髪の毛が掛かってるわぁ！　丸坊主にしてやるんだからぁ！」

俺は手を軽く振る。

パキンッ……！

「は、ハサミが粉々に……！　離れた場所から、何したのよあんた……！」

「え、手刀で斬撃を飛ばすことくらい、当たり前にできるよな？」

へたり込んで動かない女を、取り巻きが持ち上げて、すごすごと退散した。

「助けてくれて、どうもありがとう」

「え、助けた？　俺なんかしたっけ？」

エリーゼがぽかん、とした表情となる。

ややあって、クスッ……と彼女は笑う。

「ユリウス君、変わってるね。けど……とっても素敵」

熱っぽい視線を向けそう言ったのだった。

☆

本日最初の授業は、グラウンドで執り行われることになった。

この学園、本当に敷地面積が広いな。

「本日は、従魔召喚《サモン・サーヴァント》の授業を行う」

魔法実技の先生が、同級生たちを見渡して言う。

「サーヴァント？」

「使い魔のことだよ、ユリウス君」

エリーゼが笑顔で答えてくれる。

今朝助けて以降、彼女から積極的に会話してくれるようになった。

「一年生になると、自分の使い魔となるモンスターを呼び寄せる儀式を執り行うの」

「エリーゼは物知りだなぁ」

「えへへっ、そうかなっ♡」

髪を切ってから、彼女は見た目だけでなく、性格も一八〇度変わった。

大きくぱっちりとした二重。

背筋を伸ばすようになり、彼女の大きな乳房が目立つようになった。


「従魔は己の素質や将来性に見合った生物が、古今東西より呼び出される。偉大な人物の従魔は、それにふさわしい威容をもった生物が召喚された」

なるほど、自分の強さや将来性を具現化したようなものなのだな。

「では儀式を行う。呼ばれたものは従魔召喚陣の前までくるように」


グラウンドには、魔法陣が描かれてる。

生徒のひとりが、魔法陣の前に立ち、両手を前に出す。

生徒が魔力を流すと、魔法陣がカッ……！　と発光する。

すると、そこに白い狼《おおかみ》が出現した。

「白　狼《ホワイト・ウルフ》。レベルは……十五か。平均的だな」

火蜥蜴《サラマンダー》のときもおもったけど、魔物のレベルもなんか落ちてないか？

「先生！　次はボクに！　やらせてください！」

気合い十分で前に出たのは、我が弟だった。

「見てろ兄さん！　ボクが……すごい従魔を召喚し、あんたを見返してやるッ！」

「おう、がんばれよー。応援してるぜ」

「～～！　バカにしやがって！　くそっ！」

バッ……！　とガイアスが魔法陣に手を伸ばし、魔力を流す。

まばゆい光が発生すると、そこに大きなモンスターが出現する。

「おおっ！　これは素晴らしいッ！　鷲獅子《グリフォン》じゃないか！」

上半身がワシで下半身がライオンの従魔だ。

「天空の覇者とも言える存在！　レベル五〇！」

「どうだ兄さん！　これが次期当主の真の実力だ！」

「いや、こんなチンケな鳥が弟のポテンシャルなわけない。やり直しを要求する」

「ちんけな鳥って……鷲獅子は空の王ともいえるすごいモンスターだぞ？」


二千年前にはいっぱいいいたし、これよりもっとでけえ飛行モンスターはごまんといたぞ？

とにかく弟はもっとできる子のはず。呼び出す召喚獣だって、こんなもんじゃない。


「なら兄さん、ボクよりすごい従魔、もちろん召喚できるんだよねっ？」

「うーん、どうだろうな。召喚したことないし」

俺は魔法陣の前に立つ。

勇者時代には使い魔なんて呼んだことないし、勝手がわからん。

適当に全集中を使って、魔力を流す。


グラウンド全体を覆い隠すほどの、強烈な光があたりを照らす。

ややあって、俺の従魔が召喚された。


「りゅ、竜だぁ！」

先生は尻餅をついて、そいつを見上げる。

この広い校庭と同じくらいの体格を持った、巨大な竜がいたのだ。

「れ、レベルの測定不能⁉　いったいなんなのだ、この従魔は！」

「え？　おまえらこいつ知らないの？」

見上げた先にいるそれを指し、俺は言う。

『無理もない。我の名を知ってはいても、実物を見たものは少ないだろうからな』

「『しゃ、しゃべったぁ⁉』」

先生も生徒も、いっせいに愕然《がくぜん》とした表情になる。

「そんな馬鹿な⁉　知性のある従魔なんて聞いたことがないぞ！」

「というかレベルが測れない時点でおかしいって！」

大げさに騒ぐ生徒達を見て、竜は笑う。

『これは驚いた。世界を救った人間を知らぬとは！　のぅ、勇者よ？』

俺が従魔として召喚したのは、魔王ヴェノムザードだった。

☆

遥《はる》か古来より存在し、厄災の代名詞とされた、一匹の邪竜がいた。

全身を覆うのは漆黒の竜鱗《りゅうりん》。棘《とげ》や爪一本一本が魔剣と同等の威力を持つ。

見ただけで相手から恐怖のあまり正気を奪う。

その竜の名前は、魔王ヴェノムザードといった。


「よ、二千年ぶりだな」

『くく、いつも通り緊張感のないやつじゃな』

ヴェノムザードがしゃべるだけで、膨大な量の魔力がほとばしる。


「あ、ああ……あ……！」

一番近くに居たガイアスが、魔力に当てられて、へたり込んでしまう。

『我が魔力の波動を受けても平然としているか。うむ、さすが勇者、転生してもなおその強さは顕在だとはなっ。よいよいっ』

「そりゃどうも。敵意がないなら、魔力量を少し抑えてくれ」

『おっとこれは失礼した』


ヴェノムザードは翼を広げる。

カッ……！　と黒く輝いた。

巨大な竜は、みるみる縮んでいき、やがて人間の女性へと変化した。

「これでどうだ？」

外見年齢は二十代前半。

豪奢《ごうしゃ》かつ華美な漆黒のドレス。

長く艶やかな銀髪は夜空の星のようだ。

そして目を引くのは驚くほど大きな乳房。

「さて、せっかく時を経て再会したのだ。勇者よ、まずは約束を……」

と、そのときだった。

ガイアスは立ち上がると、俺にビシッ！　と指を突きつける。

「兄さん！　どっちの従魔が優れてるか、この場で勝負しろ！」

魔王を見ただけで失神するものの多い中、一人正気を保っていられるガイアス。

意外と精神的にタフかもしれないな。

「決闘か？　よい、相手してやろう」

好戦的な笑みを浮かべて、ヴェノムザードがガイアスの前に立つ。

「ほら、かかってこい羽虫？」

「兄に似て、むかつく従魔だ！　ゆけ鷲獅子！　殺せぇ！」

だが、ガイアスの背後に立つ鷲獅子は、体を震わせ一歩も動けないでいた。

「分を弁《わきま》えよ痴《し》れ者《もの》が」

魔王がひと睨みする。


「な、なにぃいいいい!?　ぼ、ボクの従魔が消し飛んだだとぉおおおお!?」

ヴェノムザードは膨大な魔力をその身に秘めている。

そのせいで、一挙手一投足に魔力が宿る。

にらむ、という行為が必殺の魔法へと変化するのだ。

「なんて規格外の従魔なんだ。これが、兄さんの将来性……ボクなんかよりも、何万倍も……すごいってこと……」

膝をつき、悲嘆に暮れるガイアス。


「これではとても満足できん。やはり心躍るのはおまえとの対戦だけだ。なぁ、ユリウス？」

晴れやかな笑顔で、ヴェノムザードが俺に近づく。

「おまえ、本当に魔王なのか？」

「然り。ただ、我はどうやら本物の魔王ではなく、ヴェノムザードの模造品《コピー》のようだ」

魔王曰《いわ》く、従魔召喚は、実物を呼び寄せるのではないそうだ。

同じ能力と記憶を持った従魔を、時代を超えて術者の前に顕現させるらしい。

「この世に顕現する際、従魔には術者の命令には絶対従う縛りがもうけられている。この我は魔王であって魔王ではない。今はおまえの忠実なる下僕よ」

「なるほどな……ちなみに、なんでお前が呼ばれたんだ？」

「転生の秘術を使っただろ？　あの時われの魂とおぬしの肉体はリンクした。それをたどって、われはここへ手繰り寄せられたのだろうな」

さて、とヴェノムザードが、楽しそうに笑う。

「なぁ勇者。我は今とても心が躍ってるよ」

魔王の体からは、戦意とともに膨大な魔力と闘気の嵐が吹き荒れた。

ガイアスはそれを直視して、口から泡を吹いて失神する。

他の同級生達や先生も同様だった。

「さぁ我が主人よ。再会を祝し、拳で語り合おうか！」

☆

従魔となった魔王と手合わせすることになった。

そういや、また戦おうって約束したからな。

「さて……試合開始だ」


銀髪の美女は、アメジストの目を爛々《らんらん》と輝かせる。

その刹那……魔王は俺のすぐ目の前に居た。

俺は創生魔法で剣を作り、襲い来る彼女の拳を攻撃反射する。

ヴェノムザードは拳を弾かれ、すごい勢いで空中へと吹き飛ぶ。

だがすぐ空中で立ち止まる。


「剣の冴《さ》えは今なお健在のようだな！　さすがだ！」

同じく飛び上がって、彼女に斬りかかる。

俺の剣と、魔王の拳とがぶつかり合う。

彼女の右腕が今の衝撃で消し飛ぶ。

「なんて破壊力！　そう！　これが勇者の剣だったな！」

再生魔法ですぐさま、右腕を元に戻す。

魔王は刹那の間に千発もの拳を繰り出してきた。

さすがに、俺は違和感に気づいた。


「なぁおまえ、手を抜いてるのか？　魔力制限してるとは言え、さすがに弱すぎるぞ？」

二千年前、勇者《おれ》と魔王の力量はほぼ互角だった。

だが今は、俺が彼女を完全に凌駕《りょうが》してた。


「なんだおぬし気づいていないのか？　我との間に魔力経路《パス》が繋《つな》がっていることに」

「魔力経路？」

「主人と従魔をつなぐ霊的なラインだ。これを通し主人と従魔は魔力を渡しあえる。つまりおまえは勇者の力だけでなく、魔王の莫大な力すら手に入れたのだ」

「え、そうだったのか？」

「ああ。勇と魔の両方の力を持つおまえは、転生前の倍の強さを持っていることになる」

「いまいち実感がわかないんだが？」

「ならば試せ、この我の全力を相手にして！」


カッ……！　と魔王の体が黒く輝く。

厄災邪竜ヴェノムザードが、姿をあらわした。
制限していた魔力が嵐のように押し寄せる。

『本気でゆくぞ、勇者よ！』

邪竜が俺めがけて、翼で打つ。
荒れ狂う暴風が、地面をえぐりながら、俺めがけてやってくる。
暴風を受けても、しかし、俺の体は傷一つ負っていなかった。
無造作に、俺は右腕で払う。
さっきまで猛威を振るっていた嵐が、一瞬にして消し飛んだ。

『素晴らしい！　魔王の力が加わって、かつての倍以上の丈夫さと膂力《りょりょく》を手にしたのだな！』

勇者が強くなったというのに、魔王は実に嬉《うれ》しそうだ。
気を抜いた瞬間、邪竜が神速で俺めがけて突っ込んできた。
俺は右手で邪竜の鼻先を掴み、受け止める。
衝撃が俺の体に走り、突風が周囲に巻き起こる。
しかし、俺の体はびくともしない。

「え？　おまえ、本気出してるのか？」

『魔王の全力に対してその態度、よいぞ！　それでこそ、わらわの主にふさわしい！』

魔王が距離を取る。

『では最後に、我が最大出力の竜の息吹《ドラゴン・ブレス》を受けてみよ！』

邪竜の口に、全身全霊の魔力が集約されていく。

『さぁ！　いくぞ勇者ぁ！』

竜の息吹は、学校のグラウンドはおろか、敷地内にあった広大な森を一瞬で無にする。

目で追える速さではない、さりとて威力は絶大。

攻撃の軌道が、俺の目にはしっかりと追えていた。

全身に満ちる魔王の魔力は、勇者《おれ》の能力値を底上げしたのだろう。

超強化した膂力で、俺は剣を振るった。

竜の息吹を、真っ向から打ち破る。

斬撃はその先にいた、邪竜を真っ二つにした。

『うむ！　天晴《あっぱ》れだ、勇者よ！』

邪竜化が解除され、ヴェノムザードは地面に大の字になって倒れる。

「やはりおまえは、史上最強の男だ。我はおまえの下僕になれること、心より嬉しく思うぞ！」

倒れ伏す魔王に近づいて、俺は手を差し伸べる。


「ありがとな、ヴェノムザード」

「うむ？」

「おまえが転生させてくれたおかげで、勇者《おれ》は俺の人生《ものがたり》を始めることができたよ」

あのまま死んだら爺ちゃんに別れのあいさつが、できなかった。

きちんとお別れをし、こうして新たな人生を与えてくれたこの人に、お礼を言いたかった。


「うむ、よい顔になったな勇者よ」

彼女は俺の手を取って、よいしょと立ち上がる。

「よろしくな、相棒」

「こちらこそ、相棒」

☆

転生勇者ユリウスが魔王を召喚した、一方その頃。

午前中の授業を休んだ王女ヒストリアは、父親である国王の前に居た。

「この愚か者がぁ！」

国王は顔を真っ赤にして、娘であるヒストリアをしかりつける。

「カーライル公爵の長男から婚約を解消されたそうだな！　なぜ解消される羽目になった⁉」

ヒストリアは押し黙る。

実は婚約者を尻目に、その弟と浮気していた、なんて言えるわけがない。

「アタシには一切の非がありません！　彼が理不尽に婚約解消を突き付けてきたのです！」


あの男に責任を押し付けて、逃げてやろうとヒストリアは考えた。


「ほぅ……そなた、いま自らに非はないと言ったな」

「ええ、もちろん！」

「ではなぜ、カーライル家の次男と過剰に親しくしていた？」

突然のことで、ヒストリアの頭は真っ白になった。

「娘が婚約解消されたのだ。その原因を調べさせないとでも思ったか、ヒストリアよ？」

「あ……あぁ……」

「この……大バカ者がぁあああああああああ！」

父親は激昂すると、立ち上がり、娘の頬を張り倒した。

「王の娘が浮気をするとはなんたること！　しかも嘘をついて責任を逃れようなど、言語道断！」

「す、すみませんお父様！　これには事情が……！」

「言い訳など聞きたくない！　いますぐユリウスの元へ行って土下座でもなんでもして、婚約解消を取り消してもらって来い！」

怒り心頭の国王は、ヒストリアに言い放つ。

「ユリウスとの関係が修復できなかった場合、そなたを城から追放する！」

「そ、それだけはご勘弁ください！」

「ならば全身全霊をかけて謝罪しろ。ユリウスを連れてくるまでは城への出入りを禁止する」

ぐっ、とヒストリアは歯《は》噛《が》みして、悔しそうにつぶやく。

「わかり、ました……」

かくして、ユリウスとの関係を修復するために、必死になって彼の機嫌を取る羽目となった。

午前中の授業を休んだヒストリアは、午後から学園に登校した。

「なんで頭下げなきゃいけないのよ。悪いのはあんなのを婚約者に選んだお父様じゃない！」

ぶつぶつと文句を垂れ流しながら、ユリウスのいる教室を目指す。

「まあでもいいわ。関係修復ってようするにユリウスをまたメロメロにすればいいんでしょう？」

ヒストリアは自信たっぷりに笑う。

「アタシがちょおっと媚《こ》びてあげれば、すーぐコロッとアタシに惚《ほ》れるわよね！」

教室の前までやってきた。

手鏡を取り出して、自分の美貌を確認する。

「すぐアタシを好きになるはずよ絶対。なにせアタシに美貌でかなう女はいないからね！」

がらり、とヒストリアは教室のドアを開ける。

「あーん、ユリウスぅ～。会いたかったわぁ……って、だ、だれよ、あの女たち！」

そこにいたのは、王女なんて比べ物にならない、超絶美女だった。

それも二人もである。

ひとりは、金髪の美少女ハーフエルフ。

もうひとりは、長い銀髪が美しい、超絶美人。

「な、なんなの、あんな女、教室で見たことなかったわ！」

ヒストリアは美しい女たちを呆然と見つめる。

☆

午前中の授業を終え、俺はエリーゼ、ヴェノムザードとともに、昼食を食べに食堂に来ていた。

人間の姿の魔王が、目をキラキラさせながら、俺の作ったサンドイッチをほおばっている。

「なんという美味！　これと比べたら、城の部下たちが作る飯なんてゴミだゴミ！」

「すごい、ユリウス君お料理まで得意なんだね！」

食堂のテーブルには、昼飯用に作ったランチボックスがおいてある。

彼女たちはうまうま、とそれを食っている次第。

「勇者め、こんなうまい飯が作れるなら早《はよ》う言え。さすればおぬしと戦わずすんだのに」

「マジかよ」

「冗談じゃ。ま、わらわにも背負っていたものがあったしの」

俺が爺ちゃんの意思を背負っていたのと同様に、魔王も魔族たちの思いを背に戦っていたのだ。

「案ずるな。おぬしのやったことは間違いではない。人を食って生きていた魔族や魔神たちは、やはりこの世界におけるイレギュラーだったよ」

「ん。さんきゅー」

じーっ、とエリーゼが魔王を熱心に見やる。


「ヴェノムザードちゃんは……ほんとにあの、魔王ヴェノムザードなの？」

「うむ。ま、今のわらわは本体のコピーだがな」

「そ、そうなんだ……そうだよね、あんな大きなドラゴンになれるんだもん」

エリーゼは次に、俺を見やる。


「そんな魔王を召喚してみせる、ユリウス君って何者なの？」

「何もんでもないよ。ただのユリウス＝フォン＝カーライルさ」

「……うん、そっか。そうだね！」

「詮索はしないのか？」

「しないよ。だってみんなそれぞれ事情があるし。わたしにとって、友達。それで充分かなって！」

「友達……」


不思議な気持ちになった。とてもありふれた言葉で、この未来の世界でも普通にあるもの。

けれど、そういえば俺《ユージーン》の人生では、なかったものだ。

俺はエリーゼの手をがしっとつかむ。

「これからも仲良くしてくれな！」

「は、はひ～……」

エリーゼは顔を真っ赤にして、目をぐるぐると回す。

「くく、良いぞ勇者よ。そうだ、そうやってたくさんやりたいことをすればいい」

そんなふうに和やかに昼食を取った後、俺たちは午後の授業を受けに、教室へと戻る。

授業が始まるまで、エリーゼたちと雑談をしていた、そのときだった。

「ミスタ・カーライル、いますか？」

魔法学の先生が、ドアを開けて入ってきた。

「学園長がお呼びです、至急、わたしと一緒に来てください」

「はい！　わかりました！」

弟は勢いよく立ち上がり、駆け足で先生の元へ向かう。

「あ、いえ。あなたじゃないです」

「え……？　え、そ、そう、ですか……」

かぁ、っとガイアスが耳まで真っ赤にして、消え入るような声でつぶやく。

呼ばれた俺は立ち上がって、先生の元へ行く。

ガイアスは俺をにらむと、教室から出て行ってしまう。


「では、参りましょう」

改めて校舎を歩くのは初めてだな。

先生に連れられ学園の廊下を歩く。


「ん？　あれ？　なんかここ見覚えあるな」

「見覚えも何も、あなたここの生徒でしょう？」

現世ではなく、前世で、俺はここを訪れたことがある……ような気がする。

ややあって。

俺はひときわ高い塔の上にある、部屋の前にやってきた。


「中に入って待っていなさい。学園長をお呼びしてきます」

俺は言われた通り、ドアを開けて、中に入る。

山積みになった本、望遠鏡や仰ぎ見る程度の大きさのトカゲの標本が飾ってある。

「こんにちは、ユリウス君」

背の高い男が、俺に話しかけてきた。

いつだったか、廊下で出会った時の人物……イセルス学園長だ。

俺はぺこりと頭を下げる。まあ相手は偉い人らしいし。


「その標本がどうかしましたか？」

「いや、かわいらしいトカゲだなって思ってさ」

学園長は目を丸くすると、クスリと笑う。

「面白い冗談を。この標本は緑竜《グリーンドラゴン》というモンスターですよ」

「え、こんなのマジでトカゲじゃん。うじゃうじゃいただろ？」


俺のいた二千年前の世界では、ドラゴンなんて全然珍しいものじゃなかった。

冒険者も普通に倒していたみたいだしな。

学園長はにこりと微笑むと、俺を連れて部屋の奥へとやってきた。

ソファセットに座らせると、彼は正面に着席する。

「君を呼んだのは、少し事実確認をと思いまして」

サイドテーブルの上には、壊れた魔力測定板の破片が置かれている。

「先日の授業でこれを壊したのは、事実ですか？」

「そうだな」


イセルス学園長はフルフルと体を震わせる。


「俺、何かしちゃったか？」

「……いや、まだ決めつけるのは早計だ。試さねば」

こほん、と学園長が咳払《せきばら》いをする。

「ユリウス君、ひとつ君にお願いがあるんだが、いいでしょうか？」

☆

俺は学園の地下にある、迷宮の入り口にいた。

一般生徒と立ち入り禁止という階段を下って行った先に、レンガ造りの通路がある。


『勇者よ、なぜこんなところに？』

魔王の声が、脳裏に響く。

従魔は用事が無いときは、魔力となって、主人の体内に収まることができるのだ。

「学園側が俺の実力をはかりたいんだってさ」

『不遜な奴らだ。史上最強の男を評価するとは』

「まあいいよ。午後の授業は魔法学で退屈だったし」

『ま、おぬしの行動に口を挟む気はない。楽しそうにしてるおぬしを見てるのが一番だ』

「さんきゅー。んじゃいきますか」

　下へ向かって、薄暗い通路が伸びている。

『ここでなにをするのだ？』

「迷宮を突破して、最奥においてあるアイテムを回収してこいってさ」


　すると、ゴブリンが出現した。

　俺は通路を直進する。

　俺の間合いまで入ってくると、ゴブリンは存在まるごと消えた。

　雑魚なら俺が少し殺意をむけるだけで、魂がびびって体を崩壊させるのだ。

『レベルに二〇か。この程度なら戦わずとも倒せるな。さすがユリウス！』


　今度は首なしの騎士が出現した。

　大剣を構えて、俺めがけて振り下ろす。

剣が俺の頭に触れた瞬間、甲高い音が響いた。

首なし騎士の大剣はおろか、腕、体と衝撃が伝わり、体全体が粉々になった。

『レベル五〇程度で、最強勇者に攻撃が与えられるわけがなかろう』


その後もレベル一〇〇以下の雑魚が、行く手を阻んでいく。

たいてい突っかかってきた時点で消えていく。


「ちょっと前から思ってたんだけどさ、魔物のレベル低くない？」

『まあ魔王がいなくなった弊害だろうな』

「どーゆーこと？」

『魔物たちは魔王の放つ魔力によって活性化され、能力が向上されていたのだよ』

ん？　今、なんか重要なこと言っていたような気がするが、ま、いっか。

「バフ効果がなくなったから弱体化したんだな」

『うむ。魔物のレベルが低下したのだ。それを倒す人間のレベルもまた落ちたということだろう』


ややあって、道がふたつに分かれた。

『右だな』

「え、なんでわかるの？」

『ここが魔王城だからだ』


俺は先ほどの既視感の正体に気がついた。

前世で訪れた場所だったからだ。

『学園は元魔王城を改造し再利用してるようだ。魔王にとって庭のような場所。案内は容易い』

「心強いな。アイテムの場所まで道案内よろしく」


ややあって、何もない部屋までやってきた。

「ん？　なんか置いてあるぞ？」

部屋の中央の台座に、赤い石ころが置いてある。

「綺麗だから持って帰ろうか」

台座から石ころを持ち上げた、その瞬間だ。

壁を突き破り、見上げるほどの巨体を持った犬が現れた。


「「「アオォオオオオン！」」」

【犬】は珍しいことに三つの首を持っていた。

俺を目で捉えると、襲いかかってくる。

「ん？　遊んで欲しいのか？」

「「「きゃ、きゃぅうう〜…………ん」」」


三つ首の犬は、俺の近くに来た瞬間、腹を見せて仰向けに寝た。

『おまえにとってはケルベロスすらも子犬扱いか。さすがだな勇者よ』

犬のお腹をよしよしして、かまってやった。

『宝物殿はこの部屋の奥だな』

「入り口以外に、扉らしきものはないんだけど？」

『おまえには関係ないだろ？』


俺は部屋の奥の壁まで進む。

創生魔法で剣を作り構える。

虚空剣。万物を切り裂く最強の剣術だ。

壁めがけて、円を描くようにして剣を振る。

壁は円形にくりぬかれて、ずずぅんと音を立てて倒れる。


『オリハルコン製の壁をバターのように容易く斬るとは！　さすがは勇者、規格外の存在よ！』

壁の穴をまたぐと、ホールのような場所にたどりつく。

アイテムやら金銀財宝やらが、無造作に山積されていた。

『選別は面倒だ。全部持って行けばよいだろう』


俺は虚空剣を使い、空間を切り裂く。

裂け目となった空間へ、散らばっていた黄金や各種アイテムが吸い込まれていく。

転移魔法を使い、学園長室へと一瞬で戻ってくる。


「「なっ、なにぃいい⁉」」

学園長以外にも、その場に先生達がいた。

「なんだなんだ、勢ぞろいだな」

俺のもとへ、先生たちが駆け寄ってきた。

「い、いま、あなた何もないところから出てきませんでしたか⁉　いったいどうやって！」

「え、転移魔法だけど？」

「空間転移系の魔法は失われし古代の魔法！　使い手はこの世に存在しないはず！」


続いて奥で待機していた学園長が、微笑みながら近づいてくる。

「ユリウス君、アイテムは無事ゲットできましたか？」

俺は虚空剣を使い、空間を切り裂く。

異空間に収納していたアイテムが吐き出される。

「な！　なんだこれはッ⁉」

先生達が、山積されているアイテムを手に取る。

「無限魔力の水晶⁉　ＳＳＳランクの宝具じゃないか！」

「これもしや、神話級の魔剣レーヴァテインか⁉」

そんなにレアな代物だろうか、これ？

二千年前じゃ結構見かけたぞ、それら。


「こんなお宝……いったいどこでっ⁉」

「え、取ってきたアイテムだけど、これでいいだろ？」

「ちがうっ！　取ってくるのは賢者の石だけでいいんだっ！」

「こんな感じの石ですよ」

学園長が、写真を手渡してくる。


「あ、途中で拾った石ころじゃん」

俺はポケットから、台座にのっていた赤い石ころを取り出す。

「ばっ、ばかな！　賢者の石を取ってきただと⁉　守護していた神獣はどうした⁉」

「神獣？　ペットは居たけど、三つ首の」

「先祖が賢者の石をお守りするために、残してくれた神獣を愛玩動物扱いって……」

「道中の強力なモンスター達はどうしたのですか？」

「そんなの居た？　ゴブリンとか首なし騎士ならいたけど」

「それですよ……やはり、あなたは素晴らしいですねユリウス君」

学園長が感心したようにうなずく。


「しかしこの宝の山、いったいどこから取ってきたのですか？」

「賢者の石が置いてある部屋の奥にあったよ。壁壊した向こう側に」

「「「こ、壊したぁあああ!?」」」

先生達が愕然とした表情で俺を見やる。

「俺なんかおかしなことやっちゃったか？」

「あそこの壁はオリハルコンと言って！　この世界で最高の強度を持つ鉱物でできてるんだよ！」

「まじ？　普通に斬れたけど？」

その場にいる全員が、俺を異質なる者を見る目で見てくる。


「なぁ、さっきから何に驚いてるんだ？」

「「「全部にだよッ！」」」

『くく、勇者は本当に面白いやつだな。無自覚にすごいことをやってのける、さすがだな』

ヴェノムザードは実に楽しそうだった。

そんなふうに疎外感を覚えていると、学園長が俺に近づいてくる。

「見事な腕前でございました。……史上最強の、面目躍如ということでしょうか」

俺にだけ聞こえるような声量で、学園長が言う。

『ほぅ、こやつ、おぬしの正体に気付いているようじゃな』

まあ別に隠しているわけじゃないから、いずれ気づく輩もいるだろうとは思っていたけどさ。


「お会いできて光栄です」

「「が、学園長が頭を下げていらっしゃる！」」

「やめてくれよ。俺は今、ユリウスなんだ」

「なるほど……事情がおありのようですね。でしたら、微力ながらお力添えさせてください」


イセルス学園長は執務机へ向かい、何かを書き留めると、戻ってくる。

「この書状をお持ちになっていてください」

「なにこれ？」

「あなたを特待生として認める旨が書かれたものです」

学園長から書状を受け取る。

「「「とっ、特待生⁉」」」

「え、なんかすごいの？」

「すごいってものじゃあない！」

「学費全額免除。授業、試験免除！　そのほかあらゆる特権が特待生には与えられるのよ！」

なんか知らんが、俺は特待生になったみたいだった。

☆

転生勇者ユリウスと、教職員たちが出て行ったあと。

学園長室にて。

イセルス学園長は、先ほどまでの紳士的な振る舞いとは一転、下品に大笑いする。

「やはり予言はただしかった！　時を超え、厄災の主が今ここに顕現したのだ！」

パンパン！　と手をたたく。

ずぉ、っと部屋の陰から、数人の男女があらわれた。

彼らは学園の制服を着てはいるものの、異様なプレッシャーを放っている。

「およびでしょうか、学園長？」

「喜べ諸君。ユリウス＝フォン＝カーライルは、やはり転生してきた勇者神だったぞ」

「では！　いよいよ、虐げられし我ら一族が、表の世界に舞い戻るときがきたのですね！」

「ええ、その通りです。諸君、散り散りになった同胞たちに伝えなさい。決起の時だと」

☆

俺がやってきたのは、学園内にある部屋の一つだ。

特待生に与えられるプライベートルームだそうだ。


「兄さん！　ここにいたんだね！」

「おお、弟よ。どうした？」

血走った眼のガイアスの手には、粗末なぼろい剣が握られていた。


「聞いたよ……特待生になったんだろ？」

「え、おまえ何キレてるんだ？」

「うるさい！　兄さん、ボクと勝負しろ！　ボクが勝ったら特待生の権利をよこせ！」

「え、別に勝たなくてもいいぞ。欲しくて貰《もら》ったわけじゃないし」

「っ！　どこまでも、コケにしやがってぇえええ！」

弟が手に持った粗末な剣で、俺に切りかかって来る。
しかしあいかわらず、未熟な体運びだ。
ただ、なぜかこの前より、スピードは速かった。
一瞬で俺との距離を詰める。
ガイアスは高速で、俺に切りかかってきた。
俺は創生魔法で剣を作り、弟の剣を受け止める。
そのまま、俺に連撃を放って来る。
一撃一撃はつたないものの、結構な速さだった。

「ははっ！　さすが雷速剣！　あの兄さんが防戦一方じゃあないか！」

なるほど、剣に雷魔法が付与されてて、身体能力が強化されているのだな。

「ただ受けてるだけじゃ雷速を手に入れたボクに勝てないよ！」

勝ち誇った笑みで、ガイアスが剣を振る。
だが俺は一歩もここから動かない。剣も体に届いていない。

体から大汗を流しながら、ガイアスが俺を見上げる。

「なんで剣があたらないんだよ！　今のボクは雷と同じ、目で動きが追えるわけがないんだぞ！」

「え、筋肉の収縮の仕方を見れば、相手がどう動くかなんて、誰でもわかるよな？」

「兄さんしかできないよ！　この化け物めぇええええええええ！」


剣に付与された魔法を、最大出力にして、ガイアスが突っ込んでくる。

真正面から、俺は剣をふるった。

しかし、俺はあえて避けない。

弟の持っていた剣が、縦に真っ二つになった。


「し、信じられない……なんだよこれ！　正面に構えた剣を縦に分割されるって！」

弟の上段切りを見切り、それとまったく同じ軌道で剣をふるっただけだ。

ガイアスより後出しで、彼の剣より速く。

「そんな……神話級の宝剣を持ち出したのに、勝てないなんて……」

「見つけたぞ！　この盗っ人め！」


プライベートルームに、事務員みたいな男が、入ってきた。

「勝手に博物館から、展示してあった宝剣を盗みよって！」

「ち、ちがう！　盗んだんじゃない！　ボクは、ボクはただ兄さんに……」

「言い訳は無用！　こっちにこい悪ガキが！」

弟が涙目で、事務員さんに腕を引かれて出ていく。

事情はよく分からんが、弟が困っているみたいだ。


「あのー、それ、俺が頼んだんだ」

「なに？　きみがかね？」

「ちょっとその雷速の宝剣ってやつに興味があってさ。勝手に取ってきてすまん」

事務員がジッ、と俺の顔を見て、ニコッと笑う。


「なぁんだ、それを先に言っておくれよ」

「え、怒らないのか？」

「特待生には、研究目的でなら博物館のものを好きに持ち出して良いという権限があるんだよ」

事務員は笑顔で頭を下げると、立ち去って行った。


「ふぅ、良かったな弟よ、怒られなくって」

ガイアスは歯噛みし、地団駄を踏む。

バッ！　と踵《きびす》を返して、部屋を出て行ったのだった。

ちなみに剣は新しいものを魔法で作り、あとで返したのだった。

☆

「と、とと特待生！　すごすぎるよユリウス君！」

放課後、俺はエリーゼとともに、学園近くの喫茶店に立ち寄っていた。

「ガイアスのやつも言ってたけど、そんなすごいことなのか？」

「何言ってるの！　もうちょーすっごいんだから！　だって年に一人しか選ばれないんだよ。しかも入学試験の点数がトップの人に贈られるもの、学期途中から選ばれるなんて前代未聞だよ！」

「はぁん、そーゆーもんかね」

テーブルの上のケーキをフォークでつつく。

二千年前と比べると、戦闘技術は落ちたけど、料理など戦い以外の技術は進歩してた。

「あんまり嬉しくないの？」

「いや、まあよくわからんだけだ」

俺《ユージーン》はあまりに知らないことだらけだ。

「ユリウス君って、変わったよね」

「え、そうかな？」

「うん、いつも上の空で、話しかけられても無視していたし」

なるほど、クラスメイトたちが驚いていたのは、あまりに俺のリアクションが違うから。

「なーんでユリウスはぼんやりしてたんだろうな？」

『おそらくは完全な状態じゃなかったからだろうな』

俺の中で魔王が言う。

『おぬしの自我がこの世界に来る前の肉体は、ユージーンとしての記憶が欠如していたのだろう。つまりは魂が完全な状態ではなかったのだ。ゆえに虚脱・無気力状態と映っていたのだろう。力が十全に振るえなかったのも同じ理由だな』

俺は頭の後ろで手を組んで、人通りに目をやる。

みんな腰に武器をぶら下げていない。女も子供も、笑いながら道を歩いている。

血しぶきも、悲鳴も、絶望も、この世界にはない。

「すごい平和だな、ここ」

「そうかな？　普通じゃない？」

「みんな笑っている。衛兵以外に武器も持っていない。ほんと、すげえとこだよ」

「あはは、ユリウス君なにいってるの。どこもそんなもんだよ」

「魔族が来ることは？」

高い知性と魔力を備えた、強力な種族のことだ。


「ありえないよ。だって大昔に勇者神さまが倒して、滅んだんだし」

人間の平和を脅かしていた魔王も魔族もいない。魔物たちも弱体化してる。

なるほど、平和な時代になったんだなぁ。


『勇者よ。この笑顔は、おぬしが作ったことを忘れているな？』

魔王が穏やかな口調で言う。

『おぬしが魔王を討ち人々に安寧をもたらしたのだよ』

そう、か。言われてみりゃ魔王倒すことばっかりで、あんま周りは気にしていなかったな。


『まったく、つくづく変わりものの勇者じゃな、おぬしは』

魔王と話していると、エリーゼが不思議そうな表情で俺を見てくる。

「さっきから変なこといって。まるで戦乱の時代からタイムスリップしてきた騎士様みたい」

戦乱の時代か。二千年前はそう呼ばれているそうだ。

「なんだ鋭いなエリーゼは。そう、俺は時代を超えてやってきた勇者神なんだぜ」

「あはは！　おもしろいね！」

どうやら冗談だと思われたらしい。

『当たり前だ。時を超えて転生する秘術は魔王の一族にしか伝わっておらぬしな』

なるほどな、理解されなくて当然か。


「でもタイムスリップなんてどうして知ってるんだおまえ？」

「映画とか漫画とかでよく見る題材じゃない？」

「えいが？　まんが？」

「見たことないの？」

「ないな。今度一緒に行かないか？」

「ふぇ、ふぇええええええ!?」

エリーゼは顔を真っ赤にして叫ぶ。


「どうしたんだ？」

「だ、だってそれって、デート……うう～……」

「？　よくわからんが、だめってこと？」

「ちょ、ちょっと待って！」

エリーゼはくるっと後ろを向いて、小声で言う。

「……ここで勇気を出すのよエリーゼ、ここで勇気を出さなきゃっ。ふぁいとっ、おー！」

くるっとこちらを向いて、彼女が食い気味に言う。

「ぜひに！」

こうして友達とどこかに出かけるのも、普通っぽくっていいもんだなって思った。


俺たちはお茶を楽しんだあと解散となった。

転移魔法で帰宅。

俺は夕飯を食べに、食堂へと向かった。

すでに両親と弟が席についており、食事を始めている。


「さすがはガイアスだ！」

「ほんと、わがカーライル家の誇りよ、あなたは！」

しかしガイアスの表情は晴れない。うつむいて、震えている。


「お？　なにかあったのか？」

俺は食堂の端っこにおいてあった椅子をもって、ガイアスの正面に座る。

「……貴様、何をしてる？」

親父が一転して、不機嫌そうに俺に尋ねる。

「家族なんだから、顔を突き合わせて食事するのが普通だろ？」

「何を言ってるのかしらこの子は！　あんたなんてうちの子じゃないわ！」

なんともひでぇ言い方だ。それが家族の取る態度かよ。

爺ちゃんのほうが、血はつながっていなかったけど、息子を大事にしてくれていた。

俺の思いをよそに、両親が、ニコニコしながらガイアスに言う。

「学園から聞いたぞガイアス。特待生になったのだってな！」

ぎりっ！　とガイアスが苦い顔をして、歯噛みする。

「あなたを生んだこと、誇りに思うわ！」

「やはりガイアスは我が家に栄光と勝利を導く【予言の子】だったな」

「ちがう……！」

弟は立ち上がって、声を荒らげる。

「特待生になったのは、ボクじゃない！」

吐き捨てるように言うと、乱暴に椅子を蹴飛ばし、食堂を出て行った。

「どういう意味でしょう、あなた？」

「俺が特待生ってことだけど？」

くしゃり、と両親が顔を怒りでゆがめて言う。

「何を言ってるんだできそこないの癖に！」

「ガイアスより遥かに劣るおまえが、特待生になれるわけがないでしょ！」


「旦那様、学園から書状が届いております」

メイドが食堂に入ってきて、親父に手紙を渡す。

「学園から通知書が届いたぞ！　どれ、『ユリウス＝フォン＝カーライルを特待生に認定する』」

「ゆ、ユリウス？　……え？　な、何かの間違いよね!?　ガイアスでしょう!?」

なんか驚いている両親をよそに、俺は食事を終える。


「メイドちゃん、厨房かしてくんない？　弟のやつ飯食わずに部屋戻ったからさ」

俺はメイドとともに、部屋を出て行こうとする。

「ま、待つのだ、ユリウス！」

親父は立ち上がると、俺のそばまでやって来る。

「い、いやぁ！　特待生にまさか選ばれるとはなぁ！　さすがわがカーライル家の長男！」

「ゆ、ユリウス！　あなたは私たちの誇りよ！　あなたを生んだことを神に感謝するわ！」

うんうん、と笑顔で両親が、俺の手を握って来る。


「さぁユリウス！　一緒に食事をしよう！　自慢の息子よ！」

「え、やだ」

ぽかんとする両親をよそに、俺は言う。

「ガイアスが飯まだだからよ、作ってもっていきたいんだ」

「あんな出来損ないの弟など、どうでもよいではないか！」

「自分の息子が腹空かせてるってのに、なんだよその態度は？」


仮にも親が、ひでえこと言いやがる。

もともと好きでもなかったけど、ちょっと今のは軽蔑するわ。

俺はメイドとともに、食堂を出ていく。


「待ってくれ、自慢の息子よ！」

「あなたはこの家を継ぎ、私たちに繁栄をもたらす素晴らしい息子なのよ！」

彼らの腕を払って、俺は食堂を出て行くのだった。

☆

ユリウスたちの元を離れたガイアスは、自分のベッドにて、三角座りして落ち込んでいた。

特待生に兄が選ばれたと知ったとき、悔しくて悔しくて仕方なかった。

だが同時に、やはりか、と思う部分もあった。


「……くそ。やっぱり、手を抜いてたんじゃないか」


ガイアスは過去を振り返る。

兄は確かに、幼き頃からボーっとした子供だった。

いつもどこか上の空で、誰に話しかけられても無視していた。


両親はそんな兄を、早い段階で見切りをつけていた。

『ガイアス、落ちこぼれの兄のような、無能にはなるなよ』

『あなたは公爵家をいずれ背負う男になるのよ。あんな屑とはかかわるのはおやめなさい』


幼いガイアスは、両親からの期待と、そして兄へ偏見を植え付けられた。

弟である自分が、兄よりもすごいのだと。

だが、ガイアスは決して、兄のことが嫌いであるわけではなかった。

いつもぼーっとしている兄だったが、遊び相手にはなってくれたし、稽古事が嫌になって投げ出そうとした時に、兄が励ましてくれたことも多々あった。夜一緒に寝てくれたこともあった。

そんな兄が、馬鹿にされ、両親からはさげすまれる。そんな姿を、見ていられなかった。


『にーさん、ぼく、にーさんのかわりにとーしゅになるよ。そーしたらみんなに、もうにーさんのこと、ばかにしないでってめーれーするんだ』


大好きな兄のために、当主になるべく、剣の稽古も、魔法の勉強も頑張った。

もとより才能があったため、神童ともてはやされるようになった。

すべては当主となって、自分より実力で劣る兄を守るために、頑張ろう。

そう思っていた……だが、ある日。事件が起きた。


あれは五歳の冬の日。

家族で山奥の別荘へと遊びに来た時だ。

冬山で兄と一緒に遊んでいると、そこに熊型のモンスターが襲い掛かってきたのだ。

モンスターなど出るはずのない安全な場所ということもあって、護衛たちは油断していたのだ。

護衛は即座にやられ、残るはユリウスとガイアスだけになった。

もう駄目だと思ったその時、兄はすさまじい速さで熊の背後に回ると、手刀で首を切ったのだ。


『だいじょぶか、おとうとよ』

あの日の兄は、いつものぼんやりとした姿とは違った。敵を一瞬で葬り去ったあの動きは、まるでおとぎ話に出てきた、勇者神のようだった。


……結局、あの日の出来事は、ガイアスがモンスターを倒したという扱いになってしまった。

だが、弟だけは真実を知った。兄の、本当の実力を。

幼いガイアスは考えた。なぜ、兄はあんな力を隠し持っているのに、全然発揮しようとしないのだろうかと。


『自分が当主になりたくないから、わざと手を抜いたの……？』


そう思うと、ふつふつと怒りがわいてきた。

兄への思慕が憎悪へと変わった瞬間だった。

その日からガイアスは、兄のためでなく、純粋に、自分が当主として認められるためだけに必死になって訓練を積んできた。

だがいくら学ぼうと、鍛えようと、あの日垣間見た兄の秘めたる実力に、追いつける気がしなかった。周りは兄を落ちこぼれだと馬鹿にしている。だがそれは兄が手を抜いているせいだと、自分だけが知っている。

ユリウス＝転生勇者ユージーンというパズルのピースが欠けた状態で、誰もがユリウスに対して正しい認識を持てていなかった。

結果、カーライル家の落ちこぼれの兄と、優秀な弟の関係は、こじれにこじれてしまったのだ。

そして、現在に至る。

「おーい、ガイアス～。起きてるかー」

にゅっ、とドアの隙間から、兄が顔を出してきたのだ。

「……なんだよ、兄さん」

「おまえ飯食ってないだろ？　持ってきてやったぜ」

兄が料理をもって近づいてくる。

なぜか知らないが、最近になって、普段より自分に接してくるようになったのだ。

だが、今更仲良くしようとしても、長年積もった兄への憎悪は、消えることはない。

「余計なお世話だよ。もうほっといて」

兄はため息をつくと、テーブルの上に料理を置いて、部屋を出て行こうとする。

「弟よ」

「……なに？」

「へこんでるときは飯食って寝るのが一番だぞ」


言いたいことだけ言って、兄が出て行く。

「……今更、なに、兄貴面してるんだよ」


兄の作った料理をちらっと見やる。

ぐぅ、と自分の腹が鳴った。

うまそうなオムライスの載った皿をもって、窓際までやってくる。

皿を投げ捨てようとしたが、できなかった。

兄が自分の体を気遣って、料理を作ってくれたことが、うれしかった。

オムライスを一口食べると、優しい味が口の中に広がってくる。


「なんなんだよ、あんた……ほんと、なんなんだよ……」

自分を気遣う兄。無能を演じる兄。落ちこぼれの兄。そのどれが、本当の兄なのだろう。

わからない。ただ、これだけは確かだ。

兄が作ってくれたオムライスは、今まで食べてきたどの料理よりも美味かった。

☆

俺は馬車に乗って、王都を目指していた。

ある日の放課後。


『勇者よ、どこへ行く？』

「王城で夜会があるんだって。貴族はみんな参加なんだとさ」

まもなく森に差し掛かろうとしている。

『ここらは昔、魔の物たちが多く出歩く場所だった。だがまあ二千年たっているのだ、魔族はもう滅んでしまっただろう、絶対に』


そのときだった。

俺は馬車の窓からヒョイっと躍り出て、荷台の屋根の上に飛び乗る。

魔力で視力を強化。

「結構離れた場所で馬車が盗賊に襲われてるな」

『この距離から殺気を感じ取るとは、さすが勇者だ』

　俺は転移魔法を使って、襲撃現場へ向かう。


「なんだてめえ！　ど、どっからきやがった！」

　一番近くにいた盗賊Aが、目をむいて俺に尋ねる。

「大人しくするなら何もしないぞ」

「ガキが！　大人を舐《な》めるんじゃねえぞ！」


　盗賊Aが、腰の短剣を抜こうとする。

　刃が出る前に、俺は手刀で短剣を破壊した。


「この俺の毒のダガーを……って、ええ!?　ど、どこいった!?」

「ん？　壊した。素手で」

「そんなバカな！　猛毒が塗ってあったんだぞ!?」

「え、全状態異常に対する防御魔法って、外出のとき必ずかけるよな？」

「かけねぇよ！」

なんだかけないのか。不用心だなぁ。

盗賊ＢとＣが、騒ぎに気づいて、俺に近づいてきた。

彼らがゆっくりと武器を抜く前に、俺は手刀で高速で武器破壊を行う。

「袋叩《ふくろだた》きにするぞ！」

俺の周りを、盗賊たちが取り囲んだ。

その数は三十。

「いくらてめえが武術の達人だろうと、三十人を相手に勝てるわけがねえだろ！」

「え、なんかいった？」

ドサッ！　と大勢の男たちが倒れ伏す。

「ありえねぇ！　あんなに大勢いたんだぞ⁉　それが一瞬で全滅⁉　なにしやがった！」

「「「え、分身しただけだぞ？」」」

闘気《オーラ》を活用し、実体を伴った分身を作り出す。

影分身のスキルだ。

あとは分身たちが、盗賊の首の後ろに手刀を当てて気絶させた。

俺は分身を解く。

残りは盗賊Ａのみだ。

「こうなったら……用心棒の先生！　出番です！」

突如、上空から、何かが落ちてきた。

地面を揺らしながら降りてきたのは、人間とは思えぬ、異様な存在だった。


「おお、魔族だ」

外見は、人の倍くらいの大きさのゴリラだ。

だがゴリラとの最大の違いは、人間をはるかに凌駕する魔力を秘めていること。

「ああん？　こんなひ弱な人間《サル》相手に、なにてこずってるんだよぉ」

ゴリラは余裕たっぷりに、俺の元へやって来る。

「魔王がやられたあとも魔族って残ってたんだな」

「なにごちゃごちゃ言ってやがる！　死ねごらぁ！」

ゴリラが拳を振り上げて、俺めがけて振り下ろす。

衝撃波は周囲の木々をなぎ倒し、俺の足元にクレーターを作った。


「軽いこぶしだな」

「な、なんだとぉおおおお!?」

頭部を狙ったゴリラの拳は、しかし、俺の体にすら届いていなかった。

「なんつー石頭だ！　岩盤を砕くこの一撃を受けて平然としてるなんて！」

「え、魔力の鎧《よろい》すらやぶれないのに？」


達人は常時、体の周囲に魔力の鎧をまとっているものなのだ。

ゴリラは、めちゃくちゃに拳を繰り出す。

一撃が必殺の威力を秘めている。それが刹那の間に何回も繰り出されている。

だがあまりに稚拙な拳だった。魔王を見習えと言いたい。


「す、すげえ！　用心棒の先生の目にもとまらぬ連撃を、ぜんぶ受けても平然としてやがる！」

「もういいか？　じゃ俺のターンな」


俺はゴリラの間合いの内側に、一瞬で潜り込む。

がら空きの胴体に、トン……と手で触れる。

ボッ……！　とゴリラの体が消し飛んだ。

ほんの少し闘気を流す。

その余波が暴風となって、森の木々をなぎ倒す。

巨人が通り過ぎたかのように、森が一直線上に更地になっていた。

「ば、化け物……だ」

盗賊Aが腰を抜かして、体を震わせながら言う。

「え？　化け物？　どこどこ、ほかにも誰かいるのか？」

「いやおまえだよ！　お前のことだよぉおおおおお！」

☆

盗賊たちを拘束しおえ、俺は襲われていた馬車へと向かう。

馬車の扉を開けると、なかには女性が二人いた。

年齢は、どちらも俺と同じくらい。

ひとりは、極東という島国のドレスを着た、桜髪の少女。

もうひとりは、こちらも島国の衣装で、腰に刀をさした、猫耳の少女。

桜髪の子は、頭を打ったのか気を失っていた。

猫耳少女は、その子を守るようにして立っている。

「姫様に近づくな、化け物め！」

猫耳の少女が、刀を俺に向けて、にらみつける。

「いやいや敵じゃないって」

「うそをつくな！　その莫大な魔力と闘気！　尋常ではない！　もののけのたぐいだろう！」

話を聞いてくれそうにないな、と思っていたその時だ。


「う、うう……」

桜髪の少女が目を覚ます。

「けがはないか？」

「うん……うちは平気やで。心配かけてすんまへんなぁ」

姫と呼ばれた女の子は、おっとりとした調子で言う。

「助けてくれてありがとなぁ。あんたは窮地に現れた、救いの神様やなぁ」

「え、あれ窮地だったの？」

姫様は目を丸くすると、けらけら笑い出す。

「ほんま面白い殿方やなぁ。うち、おもろい人すきやでぇ」

すすっ、と姫様が近づいてきて、俺の腕にしがみついてきた。

「姫様に汚い手で触るな下郎がぁあああ！」

護衛の剣士が刀を俺めがけて、振り下ろそうとする。

「やめとけ、危ないから」

ビタッ！


「なっ⁉　か、体が動かん！　これは……まさか覇気⁉」

「お、良く知ってるな」

「闘気を飛ばし、相手の戦意をくじく高等技術……師匠すら習得に数十年を費やした、武の極意の一つを、こんな子供が……」

「ほんますごいお人やなぁ。ますますほれるわぁ。あ、せやぁ。なぁおにいさん？」

「ん？　なんだ？」

「うちの旦那様に、なってくれへん？」


その瞬間、剣士が覇気をやぶって、俺に斬りかかってきた。

「秘剣・瞬閃《しゅんせん》抜刀」

本気の一撃を、俺は爪の先で受け止める。


「ばかな⁉　わが神速の居合切りを、爪先で止めるなんて！」

「馬車の中なんだから暴れるなって」

姫様がクスクスと笑う。

「冗談やでぇ。ま、旦那様候補では、あるけどなぁ」

姫様は俺を見て、真剣な表情で頭を下げる。

「あらためて、極東国の第一王女として、あなた様にお礼申し上げるわぁ」

「え、おまえ今なんて言った？」

桜髪の少女は、さも当然のように言う。

「第一王女として、正式にお礼するってゆぅたんやぁ」

「このお方をどなたと心得る。極東国の我らが姫君、九《く》頭《ず》竜《りゅう》サクラ様であらせられるぞ」

「え、おまえお姫さまだったの？」

クスクス、とサクラは上品な笑みを浮かべる。

「ほんま面白いお人やなぁ。うち、あんたみたいな人大好きやわぁ♡」

☆

その後、俺たちは同じ馬車に乗って、王都を訪れていた。

「なんやぁ、あんたも夜会に参加するんかぁ」

「ああ、奇遇だな」

とはいえサクラはお姫様だからな。

貴族の集まるような場所に、招かれていても不思議ではない。


「おにいさんも貴族なんかぁ？」

「ああ。ユリウス＝フォン＝カーライルだ」

「あんたカーライル公爵の長男さんかぁ。ウワサと全然ちがくてびっくりしたわぁ」

「ウワサって？」

「あんま気にせんほぉがええわぁ。それにウワサはやっぱり当てにならんわ」


ややあって。

俺たちは王城に到着した。

入り口で荷物を預け、俺とサクラは、夜会の会場までやってきた。

たくさんの貴族達が集まり、談笑している。

あちこちにテーブルがあって、その上には美味そうな料理が並んでいた。


「……見て、カーライルの忌み子よ」

「……ほんと、珍しい」

貴族達が俺を横目に、何事かをひそひそ話し合っている。

「おにいさん、お料理食べに行きましょ♡」

「おう、そうだな。俺も腹減ったしな」

サクラとパーティ料理を食べに行こうとした、そのときだ。

「ユリウス殿！　ユリウス＝フォン＝カーライル殿！」

髭《ひげ》を生やした男が、急ぎ足で俺に近づいてきた。

「ユリウス殿！　このたびは、娘が無礼を働いた！　まことに、申し訳なかった！」

知らないおっさんから、頭を何度も下げられた。

「しかしありがとう！　わが娘の浮気を許してくれたこと、心より感謝する」

「え、なんのこと？」

お互い、話がかみ合っていなかった。

「ユリウス⁉　それに、お父様も⁉」

青ざめた顔をして、ヒストリアが俺たちに近づいてくる。

え、お父様ってことは、この人が国王か。

「う、うそ……なんで生きてるのよ。だって、腕利きの盗賊を雇ったのに……」

ぶつぶつ、と何事かをつぶやくヒストリア。

国王がどすの利いた声で尋ねる。

「盗賊を雇う？　いったい、どういう理由で？」

ヒストリアの顔色は、真っ白になっていた。


「そなたは申したな。ユリウス殿に土下座して謝り、婚約解消は取り消すと言われたと」

「え、俺そんなこと言ってないけど？」

ヒストリアは必死の形相で、俺にしがみつく。


「ゆ、ユリウス！　ごめんなさい！　もう一度アタシとやり直しましょう⁉」

「え？　いやだよ」

「ヒストリアぁああああああ！」

国王は声を荒らげると、思い切り、娘の頬を殴りつけた。

「嘘をついたどころか、証拠隠滅のために、ユリウス殿の命を狙ったのだなぁあああああ！」


なんだなんだ、と周辺の貴族たちが集まって来る。

国王からも、そして貴族たちからも、白い目でヒストリアが見られる。

「ち、ちがうの……これは、ちがうの……」

弱々しくヒストリアがつぶやく。

「衛兵！　この犯罪者を捕まえて、牢屋《ろうや》にぶち込め！」

国王の命令で、衛兵たちが集まって来る。

彼女は力なくうなだれ、大人しく連行された。

展開についていけない俺に、ヒストリアのオヤジさんが頭を下げる。

「ユリウス殿、このことでお話がある。今すぐ、別室へご足労いただけないだろうか」

☆

俺は国王に連れられ、応接室までやってきた。

ソファに座る俺の前に、国王が跪《ひざまず》き、頭を下げる。

「こたびは、わが娘が多大なるご無礼を働き、誠に申し訳なかった！」

何度もぺこぺこと、国王が頭を下げる。

「いや、別に迷惑なんて思ってないけど」

そもそもヒストリアに何かされたっけ、俺？

「謝ってすむ問題ではないことは重々承知している。しかし気を静めて頂けないだろうか？」

「え、別にいいよ」

国王の目が点になる。

「こ、殺されかけたというのに？」

「そんなことされたっけ？」

死にかけたのは、前世の魔王戦くらいだよな？

「で……では、娘の非礼を許す、と？」

「ああ。まあこの間弟をバカにしたのは腹たったけどな」

国王は深く、安堵《あんど》の吐息をつく。居住まいを正し、真剣な表情で言う。

「……ユリウス殿、娘との婚約、改めて結んでいただけないだろうか？」

「え、無理」

「……そうか」

国王は深々とため息をつき、がっくりとうなだれる。

「こうなるのは致し方あるまい。ならばほかの王女との婚約はどうだろう？」

「いや、さすがに無理だよ」

会ったことのない相手との婚約なんて、という意味で言った。

「そんな！　か、考え直してくれ！」

がっ！　と国王が俺の腰にしがみついてくる。

「カーライル家はこの国の基盤を支える大貴族！　そなたに抜けられるとこの国は瓦解する！」


「それは無理やわぁ。なにせユリウスは、うちの旦那様になるからなぁ」

ドアを開けやってきたのは、他国の王女サクラだった。

彼女はニコニコしながらやってくると、俺の隣に座り、腕にしがみつく。

「うちら極東は、この素晴らしい殿方であるユリウス殿を婿に迎えることにしたんやわぁ」

「俺、了承してないんだけど」

「ええやん、だっておにいさん、別にこの国に執着しとらんやろ？」

「そりゃまあな」

国王は、ハンマーで頭を殴られたような顔をする。


「ならええやん、うちの婚約者になってくれへん？」

「いや、急すぎて答えられないよ」

「じゃあお友達からはじめましょう？」

「それならいいよ」

サクラが手を伸ばし、俺はその手を掴む。

「カーライル家が、極東と手を結ぶなんて……ならん！　彼の家は我が国に必要な人材なのだ！」

「国王はん、そりゃ無理なはなしやで」

すぅ、っとサクラが目を細める。

「あんたの娘は明確に殺意を向けた。これはカーライル家への敵対行為やわ」

「あれはバカ娘が勝手にやったことだ！　この国は関係ない！」

「その理屈、ほんまに通ると思っとるんか？」

静かなる殺意を、サクラが国王に向ける。

彼は気圧されて、へたり込む。


「え、っとまったくついていけてないんだけど？」

「あんたは気にせんでええよぉ。それより、今度うちに遊びにこぉへん？」

「お、いいな。極東って一回遊びに行ってみたかったんだよ」

旅行の予定を立てている一方で、国王が悄然《しょうぜん》とつぶやく。

「……馬鹿娘が。おまえのせいで隣国に大貴族を取られて大損だっ。覚えていろよぉ！」

☆

転生勇者ユリウスが、城でひと悶着《もんちゃく》起こしている一方その頃。

先ほど撃破されたゴリラの魔族は、学園長室を訪れていた。


「素晴らしい、やはりユリウス様は最高だ！」

イセルス学園長はとても嬉しそうに笑う。

「何が最高なものか！　あのクソ野郎！　ぶっ殺してやる！」

魔族は再生能力を持つ。あのとき、運よく首だけが残っていたので、そこから再生していた。

ゴリラがユリウスへの復讐《ふくしゅう》を口にすると、イセルスの目が細くなる。

ぞくっ！　とゴリラは気圧され、その場で動けなくなった。


「我らの長となるべきお方に、貴様は殺意を向けるというのですか？」

「ふ、ふざけんな！　だれがあんな人間の下につくもんか！　おれは従わねえぞ」

「そうですか、残念です」

ぱちん、とイセルスが指を鳴らすと、ゴリラはばらばらの肉塊となって床に落ちる。


「ひぃいいいいいいいいい！」

「猿より小さな脳でも理解できるように教えてあげましょう。彼は救世主だ。弱体化し、散り散りになってひっそりと暮らしている我らが、ふたたびこの世界の覇権を握るための重要人物である」

イセルスの背後に、数多くの魔族たちが集結する。

そう、彼もまたこの世界に生き残った魔族のひとりなのだ。


「あ、あんなガキに何ができる⁉」

「バカですねぇ。彼はただの子供ではない。勇者神ユージーン。そして、その体には、滅びし魔王の魔力が秘められているのです」

「なっ⁉　そんな、史上最強の存在二人分の力が、あのガキのなかにあるってことか⁉」

「ええ。しかも魔王の魔力は魔なる物たちを活性化させます。みなさい、彼らを」

集結した魔族たちからは、莫大な量の魔力があふれ出す。

さらに、ここから遠く離れた場所から、さらに強力な邪悪なる波動を感じた。

「ま、まさか……魔神⁉」

「そのとおりです。二千年前に滅びし勇者、そして魔王。二人の復活は我ら魔なる物たちにとっての、まさに福音となるのです」

強大な力の波動を各地で感じる。今まで息をひそめていたものたちが動き出しているのだ。

「ユリウス様は我らの王になるにふさわしい人物……貴様はそんな王に対して、何をした？」

首だけのゴリラは、転がって逃げようとする。

だがイセルスが指を鳴らしただけで、完全に消滅した。

「さて、同胞が魔王の魔力を誘導したおかげで、魔神の一体が、目を覚ましそうです」

うっとりと、はるか遠くの地を見据えて言う。

「これは前兆。いずれ各地に眠る魔神が目を覚ます。魔族が力を取り戻し、やがてこの温《ぬる》い世界を、恐怖と混沌《こんとん》の渦に沈める日は近いでしょう。くふふ、あはははははは！」

# 第3章　勇者、無自覚に波乱を巻き起こす

転生勇者ユリウスが、この世界に来て幾日か過ぎたある日。

辺境のとある洞窟の中にて。

聖職者の集団が、ひとつの像の前で、必死になって神聖魔法を唱えてた。


「駄目です大司教！　もう持ちません！　邪神の封印が解けてしまいます！」

部下のひとりが、泣きそうになりながら言う。

「持ちこたえるのじゃ！　こやつは二千年前に生きていた邪神ガンデスブラッド！　封印が解ければ人類に……勝ち目はない！」

大司教に発破をかけられ、聖職者達が神聖魔法を使う。


「お父様……わたくし、もう……」

彼の隣に立つのは、赤髪の美少女。

純白の衣装を着た彼女が、汗をびっしょりかいてつぶやく。

「耐えるのじゃ！　おぬしは聖女の力を受け継いだ存在！　倒れたら終わりじゃ！」

彼女がいなければ、邪神はもう少し早く復活してしまっただろう。

だが、どんな人間にも限界はある。

聖職者達がこの邪神像のもとへやってきて、三日。

寝ずに魔法を使い続けたが、ついに……。

ドサッ！　と彼女がその場に崩れ落ちる。


「メアリ！　くっ……！」

「大司教！　邪神像が壊れます！」

像が粉々になった瞬間、凄まじい量の瘴気《しょうき》が噴出した。

噴き上がった黒いガスは、やがて人間へと形を変えた。


『あーっはっはっは！　やったぞ！　二千年ぶりの地上だ！』

それだけで、周囲に衝撃波が走る。

邪神は高らかに笑う。

数多《あまた》いた聖職者達が吹っ飛び、壁に体をぶつけ気を失う。


「邪神が復活しよった。終わりじゃ……もう……」

「まだですわ！」

聖女が果敢にも立ち上がり、この世界での、最高峰の神聖魔法を発動させる。

「【聖光《フォトン》】！」

光が、邪悪なる存在を焼き殺そうとする。

『なんだ、この軟弱な魔法は？』

「そんな……！　聖女《わたくし》の力を、振り絞って使った魔法が……」

ガンデスブラッドは瞬間移動。

彼女の首を掴《つか》み、持ち上げる。

「や、やめろぉ！　娘を離せぇ……！」

大司教が邪神の足に掴みかかる。

『触れるな、ゴミが』

バシュッ……！

「ひっ！　お、お父様ぁあああ！」

邪神の手から発射されたのは、魔力でできた弾丸だ。

それは目にもとまらぬ速さで、大司教の上半身を粉々にしたのである。

『そぉら！　このおれさまが復活した祝砲だぁ！』

ガンデスブラッドは手を天井にかかげる。

そこから、雨あられのように、弾丸が発射された。

すさまじい威力の塊をもろに受け、聖職者達は全員死亡。


「お父様……みんな……」

『おまえはおれさまの飯だ。女の肉は美味いからな』

邪神は聖女を持ったまま、ダンッ……！　と飛び上がる。

洞窟から飛び出て、地下を飛び出し、空中で静止する。


『良い感じに世界の瘴気が濃くなっているではないか！　邪神の復活を契機に、各地で眠っていた魔の物たちが復活するだろう！』

聖女は絶望の表情を浮かべる。

魔王の生きていた時代とは違い、今は太平の世。

戦うすべを持つ者は非常に少ないのである。

『わが魔力を感じとり、目を覚ませ同胞たちよ！　再び地上を阿鼻叫喚《あびきょうかん》の……』


「おーい、そこのあんた」

ガンデスブラッドの眼前に、黒髪の少年が、突如現れたのだ。

「女の子を乱暴に掴むのはよくないぞ？」

『人間ごときが命令するとは……万死に値するぞ！』

邪神の体からは、莫大《ばくだい》な魔力が噴出される。

「お逃げくださいまし！　この者は二千年前に猛威を振るった魔神の一柱ですわ！」

『死ねぇ！』

ガンデスブラッドは、魔力の銃弾を撃ち出す。

「よっと」

パシッ。

『なっ⁉　つ、摑んだだとぉおおお⁉』

邪神は、驚愕《きょうがく》のあまり、メアリを落としてしまう。

『馬鹿な！　目で追える速さではなかった！　それをどうやって⁉』

「え、普通に見えてたぞ？」

『あ、あり得ぬ……何かの間違いだぁ！』

バッ……！　と邪神は両手を前に出す。

弾丸が豪雨のように、少年のもとへ降り注ぐ。しかし彼は一瞬で、消える。

「おまえ、大丈夫か？」

聖女は空中にいた。少年が彼女をお姫様抱っこしている。

彼女を安全な場所へおろし、再び邪神の前に少年が現れる。

少年の瞳にぞくりッ……！　と悪寒を感じた。


『こ、このおれさまが、こんなガキに怯《おび》えることなど！　あってはならんのだぁあああ！』

邪神は超至近距離で、魔力の銃弾を速射砲のごとく撃ち出す。

一撃で地形を変える威力のある弾丸。

無数のそれを受けても……しかし、彼は平然としていた。


「もういいな。そんじゃ【聖光】」

その瞬間、大陸全土を、聖なる光が包み込んだ。

邪神は断末魔の叫びをあげる暇もなく消滅。

小型の太陽かと錯覚するほど、強烈な光は、数分間消えることはなかった。

ややあって。少年は戻ってきた。


「ほかにケガ人、いるな」

少年は穴から洞窟内に飛び降りる。

死体となった聖職者達の前に立つ。

その瞬間、純白の強烈な光が、洞窟内を包み込む。

「【死者蘇生《レイズデッド》】」

「生きてる……生きてるぞ！」

「お父様ぁ……！」

聖女は穴の縁に手をかけて、中を見やる。

父だけでなく、他の聖職者達も復活していたのだ。

「失われた死者蘇生《そせい》の秘術……わたくしでも使えないそれを、大人数相手に使うなんて」

少年は浮かび上がると、穴から飛び出てくる。

「ケガ無くてよかったよ。そんじゃ」

「あの！　お待ちになられて！」

止めるまもなく、少年は去ってしまった。

「今の彼は、いったい……」

「わかりませんわ……ただこれだけはわかります」

うっとりとした表情で、彼女がつぶやく。

「彼は民草の悲鳴を聞き、邪神を倒すために神が遣わした、救世主なのです！」

☆

「……あ、ユリウス君。戻ってきた」

俺がいるのは、近くの街の映画館だ。

エリーゼとともに、映画鑑賞の途中だったのである。


「……悪いエリーゼ。映画どこまで進んだ？」

「……敵が実は自分の父親だったってところ」

「……マジか。超展開じゃん」

学校が休みだったので、こうしてふたりで映画を観に来ている最中だったのだ。

鑑賞の邪魔だったので、ちょこっと抜け出て、サクッと消し飛ばしてきた次第。


『くくく、魔神退治も映画鑑賞の片手間か。やるな勇者よ』

魔王の声が、体の内から響いてくる。

「……なんでおまえ、俺の中にいるんだよ」

『この方がひとりぶんのチケット代金が浮くであろう？　節約だ節約』

いやに庶民的な魔王だなぁと思ったのだった。

☆

　映画を観終えて、俺たちはハンバーガーショップとやらに、飯を食いに来ていた。

　俺と、顕現した魔王が、ハンバーガーをがつがつと食べる。

「なんという美味な！　この半分蝶《ちょう》とやらは！」

「ちがうよー、ハンバーガー。そんなにおいしい？」

「この体に悪そうな油ぎとぎとのハンバーガー、やべえうまいな！」

「あ、あはは……あんまりおいしそうに聞こえないねそれ」

「この一ミリも健康に配慮していない油まみれのポテトも最高だぞ、勇者よ！」

「まおちゃんもあんま大きな声出しちゃだめだよ」

　エリーゼは魔王を愛称で呼ぶようになっていた。

　俺とヴェノムザードはむしゃむしゃもしゃもしゃとジャンクフードをほおばる。

「未来は食も進んでおるな。さすが未来じゃ」

「まったくだ、未来すげえ」

「ふたりとも昔の人みたいだね」

まあ実際そうなのだが。


「ところで、ガイアス君はどうして今日これなかったの？」

「ああ、誘ったんだが振られちまった。なんでも大会が近い、とかなんとかで」

「あー……そういえば武闘大会近いもんね」

「ブドウ大会？　なんだそれは？　みなでワインでも作るのか？」

はて、とヴェノムザードが首をかしげる。


「ブドウじゃなくて武闘。スポーツ大会みたいなものだよ」

「なるほど、大会に備えて練習してたのか。やるな弟よ」

意地っ張りな面はあれど、基本的には真面目な奴なのだ。

そんなふうに飯を食っていたその時だった。


「ユリウスはーん♡」

誰かに声をかけられた。振り返ってみると、極東のお姫様、サクラがいた。

「偶然やなこんなところで。これも運命やろうか、なんつって♡」

「ああ、偶然だなぁ。なにしてんのこんなところで？」

「お買い物ついでにご飯って思ってたところや。同席してええ？」

「もちろん」

　よいしょ、とサクラが俺の隣に座る。

「はじめまして、サクラ言います、よろしゅーな♡」

「よろしくね。わたし、エリーゼって言います」

「ほぅほぅ。なるほど、第一夫人は、ええ乳してますなぁ♡」

　エリーゼが顔を真っ赤にして首を振る。

「そいで、そこの銀髪美女が第二夫人？」

「うむ、ヴェノムザードだ。よろしくな第三夫人よ」

　俺は会話に置いてけぼりを食らっていた。何の話してるんだろうか。

「サクラ、なんでいるんだ？　おまえたしか東の端っこの島のお姫様だろ」

「うち、今度あんたらの学園に交換留学生っちゅーことで、通うことになったんやで」

「あら、そーなんだ。同じクラスになれたらいいな」

「大丈夫やよ。ユリウスはんと同じとこなのはも～決まっとるからなぁ」

「え、なんで？」

くすっ、サクラが笑う。

「権力♡」

「こわい！　ユリウス君、こわいよこの人！」

「同じクラスかー、よろしく」

「この人も動じなさ過ぎて怖いよ！」

「くくく、楽しい学園生活が送れて、良かったなぁ勇者よ」

にやにやと楽しそうに笑う魔王。

わいわいと楽しそうに話す女の子たちを見ながら、俺はハンバーガーをほおばる。

「へいわだなー」

その後サクラを交えて、俺たちは街でショッピングを楽しんだり、映画をもう一度見たりした。

こういうのも、悪くないなって思ったのだった。

☆

サクラが転校して来てから、一週間が経過したある日のこと。

朝。学園の教練室《トレーニング・ルーム》にて。

「では、毎年恒例の武闘大会について説明する」

実技の先生が、ウェアに着替えた生徒達を見渡し説明する。

「毎年この時期になると、生徒間で競い合う武闘大会が開催される」

そういやそんなのがあるって、この間の買い物のとき言っていたな。

「大会の順番としては、まず学年で代表選手を二名決める。次に一年生から六年生、合計十二人で決勝トーナメントが行われる」


ここ、六学年もあるんだなぁ。

「決勝トーナメントには親御さんを始め、学園外からも観戦者が来る大規模なイベントだ。卒業後の進路にも関わってくる。みな、心して挑むように」

弟が俺をにらみつけて言う。

「今回こそ、ボクはあんたに勝つからな！」

なんだかよくわからないが、すごい気迫を感じた。

弟には是非頑張って欲しい。

「なおユリウス。おまえは代表にすでに選ばれている。最初から決勝トーナメント進出だ」

「なっ⁉　どうしてですか⁉　不平等ですよ！」

「必要ないからだ。こいつは特待生、その強さは言うまでも無いだろう」

「だからって二つしかない枠のうち、一つを兄さんが何もせず手にするのは公平性に欠けます！」

弟の言葉に、同級生たちが続く。


「そうだ！　すっこめ出来損ない！」

「てめえ一人だけずりぃぞ！」

『……全く愚かな者どもだ。勇者の強さを目の当たりにしておいて』

まあでも、同級生たちが俺の実戦を見たのって、実はガイアス戦だけだからな。

俺がどの程度の実力なのか、彼らは知らないんだろう。


「俺は辞退してもいいよ。別に興味ないし」

「そうはいかん。カーライル兄もうちの生徒である以上、大会参加はしてもらうぞ……しかし実力を認めないか。ではこうしよう」

実技の先生が、みんなを見渡して言う。

「今からユリウス対このクラス全員で戦ってもらう」

「「はぁあああああ⁉」」

同級生達がいきり立つ。

「ふざけるなよ！」

「え、そんな程度でいいのか？」

「三〇対一で勝てるっていうの⁉」

ビキッ！　と同級生達の額に、青筋が立つ。

「ユリウス、ハンデだ。その場から動くな。武器を使うな。魔法も従魔も使用禁止。もちろん両腕も使うな。できるな？」

「はぁ⁉　いくら兄さんが強くても、さすがに無茶すぎる……」

「え、別に大丈夫だぞ。心配ありがとな」

「……せいぜい、負けて恥をかかないようにね！」

こうして、俺とクラス全員でのバトルとなった。

「エリーゼとサクラは辞退するそうだ。では……試合、開始！」

先生が合図すると、同級生たちが一斉に、俺めがけて走ってくる。

「全員で袋だたきにしろぉ！」

武器を持った彼らが、俺に斬りかかってくる。

つたない攻撃を見きってかわす。


「くそっ！　上半身だけを動かし避けやがる！　魔法だ！　魔法で殺せ！」

ガイアスの命令で、待機していた同級生達が、詠唱魔法を放つ。

「風よ！」「炎よ！」「雷よ！」


ひょろひょろの魔法が、俺に殺到する。

俺は、吐息をつく。するとそれは突風となって、魔法をすべて打ち消した。

後衛は今の吐息で背後に吹っ飛ばされて、全滅。

この間も前衛組が俺に斬りかかってくるが、俺は全てを避ける。


「こいつやべえ！　本当に一歩も動かず全部避けてやがる！」

「ひるむなぁ！　従魔《サーヴァント》と連携して殺すんだぁ！」

いっせいに、従魔を出現させる。

前衛とその使い魔が、俺に向かって押し寄せてきた。


「よい、しょっと」

俺は少し足を持ち上げて、その場で足踏みをする。

教練室の床が粉砕される。

その衝撃で、その場にいたすべてが吹っ飛んだ。

石つぶてを受けて従魔は全滅。

同級生たちには当たらないよう、コントロールしたので全員無傷だ。


「ウソだ……あの条件で勝つなんて……くそっ！　くそぉ！」

弟が床をたたき、他の同級生たちは悔しそうにうつむく。

「わかったな。ユリウスは規格外だ。代表選手に選ばれても不満はないだろ？」

誰も文句を言おうとしなかった。

「覚えてろよ兄さん！　決勝トーナメントまでに強くなって、見返してやるからな！」

☆

その日の夜、自室にて。

俺は人の姿になった魔王とともに、チェスを指していた。


「なぁ、勇者よ」

「なんだ、魔王さん」

「おぬし、あれだけ弟に邪険にされて、嫌じゃないのか？」

「ぜーんぜん。かわいいじゃんあいつ」

「くく、おぬし男もいけるのか。さすがだな」

「なにがさすがなんだ？　いやそういうんじゃなくてさ」


ことん、と俺は駒を置く。


「俺……ああ、ユージーンのことな。兄弟っていたことなかったんだよ」

「ふむ、そういえば祖父に拾ってもらったのだったな」

「そうそう。で、弟が毎回真正面から挑んでくるだろ。そのたびになんかうれしくってさ」

「なるほど、おぬしに挑んでくるものは今まで倒すべき敵ばかりだったからな。倒さずともよい、挑んでくるやつが新鮮なのか」

「そうそう。しかも少しずつだけど強くなってるのがまた、変化があって楽しいじゃん」


さっき集団で戦ってきたときも、戦略を練って全体を動かしていたからな。

初めて剣を合わせたときと比べたら、大した進歩だと思う。

今も、こんな夜遅いのに、弟は外で剣を振っている。

あいつは本気で俺に勝つみたいだ。ふふっ。

「わらわもうれしいよ。おぬしの要望を叶《かな》えられたようでな」

そういえば弟のいる人生を、転生前に頼んだんだった。

「おまえってなんでそこまで、俺に良くしてくれるんだ」

「おぬしが弟を好いていると同様に、わらわもおぬしが好きだからな。チェック」

ことり、と魔王が駒を置いて王手を宣言する。


「ふはは！　もう手はあるまい！　降参か？　命乞いすれば許してやっても良いぞぉ～」

「はいチェックメイト」

見事に作戦に引っかかって、魔王のキングは俺のポーンによって、打倒された。


「なっ⁉　き、貴様ぁ！　わらわに王手を取らせて油断させる作戦だったのだなぁ！」

「はいこれで俺の一〇〇勝目。おまえ弱いなー」

「おぬしが強すぎるのだ！　遊戯すらも強いだと！　反則だ！　反則だぁ！」

魔王はチェス盤をひっくり返して、ジタバタと子供のように駄々をこねる。

「チェスはいいよな。誰も殺さなくても、勝敗がついてよ」

「まったく、同意見だ。誰の血も見ずにすむ」

魔王が勇者《おれ》に秘術を使ってくれた理由が、少しわかった気がする。

「なあ魔王」

「なんだ勇者よ」

「おまえ、人間好きだろ」

ニッ、と魔王は笑って答える。

「なんじゃ夜のお誘いか？　仕方ない、わらわにチェスで一勝させてくれたら考えてやろう！」

「それで勝ってうれしいのか？」

「ふはは！　どんな手を使おうと、勝てばよかろうなのだー！」

「お、今のすげえ魔王っぽいな」

そんなふうに、俺たちはチェスを指すのだった。

☆

それから二週間後。

今日は武闘大会の決勝トーナメントが行われる。

この二週間で、代表選手十二名が選抜された。

選手の控え室にて。


「どうだ兄さん！　ボクが本気を出せば代表選手なんて楽勝でなれるのさ！」

弟は一年生の代表選抜戦で、見事に勝ち抜いてきたのだ。

「今までのボクとはひと味違う！　せいぜい決勝戦でボクに当たるまで、負けるんじゃないよ！」

トーナメント表を見ると、ガイアスと当たるとしたら決勝戦だ。


「おう、応援ありがとな」

「応援なんて微塵《みじん》もしてないよ！」

「え、だって負けるなって」

「そういう意味じゃない！」


ガイアスはそう言い残して、控え室を出て行く。

大会は闘技場《コロシアム》という、学内の施設で行われる。

名前を呼ばれた選手二名がメインアリーナへ行き、そこで一対一の試合を行う段取りらしい。

「選手は十二名。シードじゃないから、俺は四戦やるのか。ガイアスとの試合が楽しみだ」

「おいおい！　そこにいるのはカーライルんとこの魔無しクズ兄貴じゃねえか！」

入ってきたのは、背の高い男子生徒だ。

もちろん見たことがない。

ガタイのいい男だ。制服の上からでも、筋肉の隆起が見て取れる。

「どうしてこの神聖なる武闘大会に参加してるんだぁ？　どうせインチキでも使ったんだろぉ？」

男は俺に近づいて、ニヤニヤとした笑みを浮かべる。

「すまん。ここ、代表選手以外立ち入り禁止らしいんだ。悪いけど部外者は出ていってくれよ」

ビキッ！　と男が青筋を立てる。

「あぁ⁉　誰が部外者だとごらぁ⁉」

「え、だって見るからに弱そうだし、あんた」

大会に参加する上級生は、猛者ばかりらしい。

こんな、筋肉を無駄に膨らませてるだけのヤツが、代表選手なわけないよな？

「今すぐここでぶっ殺してやる！」

バッ……！　と男が上着とシャツを脱ぐ。

「ぬぅううん！　見よ！　この鍛えられたおれの筋肉の躍動を！」

グッ……！　と無駄な力を込めると、戦いに一切必要の無い筋肉が膨れ上がる。

「どぉだすごいだろこの筋肉！　今のうちに泣いて謝れよ。そうすれば痛い目見ずにすむぜぇ！」

「え、なんで？　筋肉と謝ることの、因果関係がまったくわからんのだが？」

「もうゆるさん！　殺す！　この鋼の肉体から繰り出される剛力の拳でぇ！」


ハエが止まるような遅い拳が、俺めがけて飛んでくる。

避けるまでもないが、俺を覆う魔力の鎧《よろい》を殴れば、ただ事ではすまない。

俺は半身をひねって拳を躱《かわ》し、相手の足を払う。

男は空中で、グルングルン！　と面白いように回る。

後頭部を床に激突しそうになる。

俺が腕を摑んでさらにクルン、と一回転させる。


「……な、なんだったんだよ、今の？」

男はその場に、ぺたん、とへたり込む。

そのときだった。


「あ、蜂だ。あぶねぇ」

男の顔の真横に、毒を持つ種類の蜂がいた。

俺はそこめがけて、軽く拳を振るった。

衝撃波は蜂を消し飛ばし、背後の壁をまるごと破壊した。

「やべ、やりすぎた」

男は鼻水を垂らし、大口を開けながら、背後の壊れた壁を見やる。

控え室の壁と、向かい側の廊下の壁も破壊してしまった。

俺は修復魔法で壁を直す。

「ひぃいいいいいい！　バケモノぉおおおおおおお！　助けてママぁああああ！」

男は大泣きしながら、部屋を出て行った。

「なんだったんだ？　まあ、出て行ったから良いか。さて、一回戦の相手は誰かなーっと」

ややあって、審判の先生が入ってきて言う。

「ロドルグ選手の棄権により、第一回戦、勝者ユリウス！」

☆

二回戦を前に、飲みものを買いに、廊下に出たそのときだ。

「やいユリウス！　おまえインチキしたんだろ！」

背の低い学生が、俺に詰め寄ってきたのだ。

「え、してないぞ？」

「とぼけんな！　勇敢な兄様が棄権するわけ無いんだ！」

一回戦で戦うはずだった人の弟らしい。

俺のことを、殴ろうとしたそのときだ。

「おーっと、ストップ。そこまでだ」

「なっ⁉　ネルソン先輩……」

彼を止めたのは、背の高い男子学生だった。

柔和な笑みを浮かべながら、一年生の手を背後から取った。

「ドミニク、兄ちゃんが棄権したからって決めつけは良くないぜ？」

「でも先輩。こいつ絶対インチキしてますよ！　代表選抜戦もでてなかったし！」

「それはユリウスが特待生に選ばれるくらいに強いんだぞ、不正なんてする必要ない。」

ネルソン先輩は笑って、彼の頭をなでる。

「証拠も無しに相手を貶《けな》しちゃだめだ。兄の顔に泥を塗っちゃうぜ？」

「……ごめん」

ぺこり、と一年生が俺に頭を下げる。

「早とちりしてたみたいだ。大目に見てくれないか、ユリウス？」

「いいよ、別に気にしてない」

「サンキュー。ほら、行った行った」

ネルソン先輩は、立ち去っていく一年生に手を振る。

「ありがとな」

「なぁに、もめ事を解決するのは風紀委員の仕事だからな」

先輩の腕には、風紀委員と書かれた腕章があった。

「あらためて、ネルソン・ハワードだ。三年生で、君の二回戦の対戦相手だった」

差し出してきた手を握りながら、俺は首をかしげる。

「棄権させてもらうよ。私では、君に勝てない」

「え、俺何かしたっけ？」

「何もしてないさ。ただ、立ち方を見ればわかる。君が、とてつもない達人であることはね」

ふぅ、とため息をついて、先輩が首を振る。

「ところで、風紀委員に興味ないか？」

「え、ない」

「即答かよ。面白いヤツだな。ま、考えておいてくれよ。」

ニコッと笑って、ネルソン先輩は立ち去っていく。


「また戦う前に勝っちゃったな。って、ん？　なんか落ちてる？」

足下に、風紀委員の腕章が落ちていた。

「先輩……って、いない。返しに行かないとな」


三回戦。

それはさておき。

ようやく俺は、闘技場の、メインアリーナに来れた。

「うひゅーっ！　対戦相手が一年の魔無しなんてなぁ！　僕ちんメガらっきぃ～！」

対戦相手は、四年生の男子生徒だった。

「ケガしてもしらねぇぜぇ～？　僕ちん、相手が雑魚でも手を抜かない主義なんだぜぇ～い？」

四年生は試合開始前から、長々と何かを囀《さえず》っていた。

「ではこれより、ユリウスvs.レスターの試合を始めます。試合……開始！」

「うひゅー！　殺戮劇《ショー》のはじまりだぜぇ！」

お遊戯《ショー》？　まあいいや。

試合よりさっさと先輩に、腕章を返しに行かないとな。大事なものだろうし。


「先輩は観客席に……お、いたいた」

観客席にいる先輩めがけて、声を張る。

「おーい！　ネルソンせんぱぁい！」

「うぎゅっ……！」

四年生は、妙な声を上げて、固まる。


「腕章、おかえししまーす！」

俺は腕章を持ち上げて、軽く腕章を投げる。

ネルソン先輩の手に、腕章が握られる。

「よく私が見つかったなぁ！　この大勢の中から！」

「目はいいもんで！」

さて、先輩に腕章を返せたな。

ドサッ……！

「え、なに？　どうしたの、四年生の先輩？」

彼は泡を吹いて、前のめりに倒れていた。

「これは……気絶していますね」

「え、なんで？」

「あなたが張り上げた声だけで、三半規管を狂わせ、相手を気絶させてしまったようです。」

審判の先生は、俺の腕を持ち上げて宣言する。

「勝者ユリウス！　よって決勝戦は、ユリウスvs.ガイアスに決定しました！」

☆

転生勇者ユリウスが、決勝へと駒を進めた、一方その頃。

学園長は闘技場の特別室から、ユリウスの活躍を見ていた。

「やはり素晴らしい逸材だ。魔王にふさわしい、そうは思いませんか、魔神の皆様方？」

誰もいないはずの部屋。しかし床には、かなりの数の影が落ちてる。

影の一つから声が聞こえてきた。

『あの程度のガキが魔王？　冗談だろ』

『まったくだ！　なぜあんな猿の下につかねばならぬ！』

うごめく影の一つ一つには、魔神たちの意思がやどっている。

「そう決めつけるのは早計ではないでしょうか。ユリウス様の強さは神に達している」

『神ぃ？　ハッ！　冗談きついぜ！』

『その通りですよ。あのものが我ら魔なる神と同じなんて、目が曇っているのでは？』

魔神たちはイセルス学園長をあざ笑う。


「では、ご協力いただけないと？」

『当然だ。われら魔神は貴様の口車には乗らん。勝手にやらせてもらうぞ』

そう言うと、部屋に集まっていた影たちが消えうせる。


「イセルス様、よろしいのですか？」

生徒の一人が、いつの間にか学園長の背後にいた。

「放っておきなさい。ま、バカも使いようです」

学園長はアリーナを見下ろす。

ちょうど、カーライル兄弟の戦いが、始まろうとしている。

☆

武闘大会も、いよいよ決勝戦。

「これより、ユリウスvs.ガイアスの試合を行う！」

闘技場には、大勢の観客が所狭しと座っている。


「ご覧よ。今日の最終試合ってことで、みんな注目してるんだ」

確かにすげえたくさんいるな。平和な時代になったから人も増えたのだろう。

「こんな大観衆の前で負けて恥かきたくなかったら、降参したほうが身のためだよ」

「おお、俺のこと心配してくれるのか。あんがと」

「まあいい。今日ボクは絶好調さ！　全試合圧勝！　あんたは絶対に、一〇〇%負ける！」

観客に聞こえるくらい、大きな声でガイアスが言う。


「いいぞー！　ガイアスー！」

「またさっきの試合みたいに華麗に決めてくれー！」

この大声援を聞いていれば、みんなが弟の勝利に期待してくれていることがわかる。

「手を抜いてやる気はないぞ」

「もちろんだよ。真剣にやって、あんたに勝たなきゃ意味がないんだ」

「そろそろ時間です、私語は慎むように」

俺たちは距離を取って、相対する。

「ん？　おまえ、二刀流だったか？」

弟の一方の手には、カーライル家の宝剣。

そして逆の手には、雷速の剣が握られていた。

「あんたに勝つために、寝る間も惜しんで会得したんだよ！」

「ほほう、そりゃ楽しみだ。」

審判は俺たちを見て、宣言する。

「では……試合、開始！」

ガイアスはダンッ……！　と素早く地面を蹴る。

以前より格段に、ガイアスのスピードは上昇していた。

並の剣士なら、動きについて行けず負けていただろう。

弟が間合いに入ってくる。

俺は相手の出方を見るため、軽く剣を振る。

「そこだぁ！　くらえ！」

俺の剣を、ガイアスの剣が弾く。

ガラスを割るような高い音を立てながら、俺の剣が後ろに逸れる。

「おお、攻撃反射《パリィ》じゃん」

「どぉだぁ！　あんたの剣を見て盗ませて貰《もら》ったんだよぉ！」

がら空きになった胴体めがけて、ガイアスが二本の剣を突き出す。


「終わりだ！　兄さん！」


俺は新しい剣を出現させ、そして、ガイアスの双剣を弾いた。

ガイアスは木の葉のように、宙を舞う。

滞空したあと、ぐしゃっ！　と落ちる。

一瞬の静寂が、あたりに漂う。


「まだ……まだぁ……！」

ゆらり、とガイアスは立ち上がる。

双剣を構えて、特攻をかけてきた。

俺は足を払って、弟の体勢を崩す。

「ぶべっ！」

「確かに速くなった。けど動きがまだ単純すぎる。腕の立つ相手には通じないぞ」

「兄貴面、すんなって！　言ってるだろぉ！」

ガイアスは立ち上がると、雷速剣で強化したスピードで、俺に連撃を放つ。

「うそ！　ガイアスの高速の剣を、一歩も動かずに全部捌《さば》いてるなんて！」

「あの動きより速く動いてるのに、息ひとつ乱してない！」

ガイアスの攻撃は、体力を消耗するにつれて、精度が落ちてくる。

俺は剣の腹で弟の双剣をはじく。


「ぐああああああああ！」

ガイアスは俺の剣に押されて、仰向けに倒れてしまう。

「やだぁ、だっさぁ〜い」

「あんだけ調子乗ってたのに結果これかよ、ウケるわ」

ざわ……ざわざわ……とざわめきは強くなっている。

俺は観客の方を見やる。

「誰だ今、弟をバカにしたやつ？」

ぶわっと、怒気が魔力となって、観客席に吹きつける。

弟に悪口言ってやがったやつらが、仰向けに倒れていった。


『珍しいな勇者よ。おまえが怒るなんて』

怒る？　怒っていた……のか、俺は？

『くく、怒るくらいには、おぬしはあの弟を気に入ってるようだな』

ガイアスは汗だらけになって、肩で息をしている。

「そん……な……こんなに……頑張っても、兄さんには……勝てないのかよぉ……」

「もう十分だろ。ギブアップしな」

グッ！　とガイアスは歯噛みすると、よろよろと立ち上がる。


「まだ……だぁ！　奥の手が、残ってる！」

ガイアスは従魔である鷲獅子《グリフォン》と火蜥蜴《サラマンダー》を呼び出す。

「ボクは兄さんに打ち勝つ……力を寄越せぇ！」

従魔の放った炎と嵐が、それぞれガイアスの雷速の剣にぶつける。

「なっ、なんてすごい炎の嵐だ！」

闘技場のアリーナ全体を覆うような、凄まじい炎の渦が巻き起こる。

「ははっ！　あははは！　すげええや！」

俺は今、ぞくぞくしていた。

初めて出会ったときは、まるでダメダメだった戦闘技術を、独学でここまで伸ばしてきた。

なんて才能だ。これは、伸ばしがいがある！


『くく、なんて楽しそうに笑うのだ。死ぬやもしれぬというのに』

「ボクは、勝つんだ！　勝って、兄さんを超えるんだぁあああああ！」

ガイアスは剣を、俺に向かって振り下ろそうとする。

「おっとっと。それは危ないな」

俺は軽く剣を振る。

斬撃は飛翔《ひしょう》し、炎の渦とぶつかると、綺麗《きれい》さっぱり消えてしまった。


「ユリウスのヤツ、あのすげえ炎を一撃で消し飛ばしやがった⁉」

魔力切れで、ガイアスが膝をつく。

「い、いったい……なにがおきたんだよぉ……」

「え、魔力の中心を斬って、魔法をキャンセルしただけだぞ？」

魔法は、魔力を集中させて放つ。

その集中している点を破壊されると、魔力は霧散し、魔法が消えてしまうのだ。

「反魔法って技術だ。覚えておくと良いぞ」

観客達は、動揺していた。

「し、信じられない！　カーライル家の長男が、優秀な弟に圧勝したぞ！」

俺は弟の元へゆき、手を差しのべる。


「ナイスファイト」

「うるさぁあああい！」

バシッ！　とガイアスに手を払われた。

「あんたのせいで、大勢の前で恥をかいたじゃないか！　どう責任取ってくれるんだよぉ！」

弟は大粒の涙を流しながら、情けない声で言う。

「恥じることなんてないだろ」

「うるさい！　このバケモノ！　あんたがいるとこっちが惨めに見えるんだよ！」

本気で悔しがっている弟を見て、こいつはもっともっと伸びるなと確信した。

体がうずうずする。こんな気持ちは初めてだ。

自分を強く成長させようっていうんじゃなくて、誰かを強く成長させたいなんて、思うとは。

初めての感覚に戸惑う俺に、審判が高らかに言う。

「優勝は、ユリウス＝フォン＝カーライル！」

☆

メインアリーナでは、閉会式が執り行われることになった。

成績上位者の発表が行われようとした、そのときだ。

頭上から何かが降ってきて、激しい音を立てて着地した。

見上げると、黒いそれがいた。

「ひぎゃぁああ！　ど、ドラゴンだぁあああ！」

「そんな、竜種はとっくの昔に滅んだはずなのに……」

極寒の中にいるように、ガイアスは震えている。

「ん？　あの上に誰かいるな」

「ごきげんよう、人間《サル》のみなさん」

すたっ、と地上に降り立つ。

そいつは、二足歩行するトカゲ人間だ。

「私の名前は竜神《りゅうじん》ドラコーン。魔神の一柱です」

「ま、まままま魔神だって⁉」

ガイアスは顔面蒼白《そうはく》になり、目の前の、二足歩行する方のトカゲを見やる。

「そ、そんなばかな！　とっくの昔に勇者神によって滅ぼされたはずなのに！」

「我々は復活したのです。邪神ガンデスブラッドの復活を契機に、この世界をいただくためにね」


パチンっ、とドラコーンが指を鳴らす。

背後の黒いそいつが、首を持ち上げて、咆哮《ほうこう》する。

「グギャオォオオオオオオオオオオオオオオオ！」

鳴き声を聞いた、ガイアスを含む観客たちが、完全に腰砕けになった。

アリーナの床が、今の振動で粉々になっている。


「こんな化け物に、どうやって勝てるっていうんだよぉ……」

ガイアスが涙を流しながら、がたがたと震えていた。

「ああ実に滑稽ですねぇ！　圧倒的な強者の前では震えるしかないなんてねぇ～」

「なぁおまえ、トカゲが二匹、なにしにきたんだ？」

ビキ！　とドラコーンの額に青筋が浮かび上がる。

「……最強の魔神と眷属《けんぞく》を前にして、そのような侮辱……許されると思っているのですか？」

「え、トカゲをトカゲって言ってなにかわるいのか？」

俺《ユージーン》のいた二千年前では、ドラコーンが連れている黒いこいつサイズのトカゲは普通にいた。

「それにおまえ、魔神って嘘《うそ》だろ。亜人間のリザードマンだろ？」

「……く、くく、久しぶりですよ、こんなにもコケにされたのは。どうやら死にたいようですねえ！　やれ、黒竜！　この愚か者を焼き殺すがいい！」

黒いトカゲは口を大きく開く。

眼前に黒炎の球体が出現する。

「決して消えることのない業火に焼かれ苦しむがいい、サルどもめぇ！」

トカゲが火の玉を、俺めがけて放つ。

灼熱《しゃくねつ》の炎が空気を焼きながら襲い掛かってくる。

「ひぃいいい！　終わりだぁあああ」

飛んでくる火の玉めがけて、俺は手を伸ばす。

パシッ！

じゅっ……！

握った拳から、少し煙が立つ。

ドラコーンも、その場にいた全員も、唖然《あぜん》とした表情になる。


「火遊びなんて危ないだろ」

「そ、そんな馬鹿なぁあああ！」

ドラコーンは目玉が飛び出るほど驚いていた。

「し、信じられない。炎の一族であるわれら竜神族の最強の炎を、素手で消すなど……」

「え、太陽と比べれば全然ぬるかったけど？」

「太陽だとぉ⁉」

鼻水を垂らし、魔神は目を剝く。

「宇宙で戦ったとき、相手の攻撃うっかり受けちゃって、太陽まで吹っ飛ばされちゃってさ。まあ大丈夫だったんだけどさ」

「み、見え透いた嘘をつくなぁ！　黒竜よぉ！　殺せぇ！」

どさっ！　と黒いトカゲがその場で倒れる。

「し、死んでる⁉　ばかな⁉　なにをした⁉」

『あまりの規格外の化け物っぷりに、ショックで心臓発作を起こしたのだろう。さすが勇者だな』

「おまえんとこのペット、ちょっとメンタル紙すぎないか？　うちの弟を見習えよ」

「こ、このぉおおお！」


ドラコーンが両手に炎を宿して、俺に突っ込んでくる。

剣を創生し、軽く横に払った。

斬撃はアリーナの床ごと、トカゲ二匹を消し飛ばした。

「うん、少しはこの体になじんできたな。ん？　どうした、弟よ？」

一部始終を、間近で見ていたガイアスは、ぽろぽろと涙を流す。

「こんな化け物に、どうやって勝てるっていうんだよぉ……」

「え、化け物なんていいたか？」

「兄さんのことだよぉおおお！」

☆

トカゲの魔神を討伐した、数時間後。

カーライル邸の、弟の部屋にて。

ベッドでは、弟が横たわっていた。

ぐったりとした表情で、天井を見つめている。


「……なにしに、きたんだよ」

「おまえの様子を見に来たよ」

俺はガイアスのベッドに近づき、椅子を創生して、座る。

「……兄さん、あんた、力を隠してたんだね」

くしゃっ、とガイアスは顔をしかめる。

「……やっぱり予言は正しかった。兄さんのほうが変革者だったんだね」

「よげん？　へんかくしゃ？」


「ユリウスぅ！　こぉんなところにいたのか！」

「親父、おふくろも」

ふたりは気色の悪い笑顔を浮かべながら、俺に近づいてくる。

「いやぁ、見たぞ今日の試合！　実に素晴らしかった！」

「最高よ！　さすが、わがカーライル一族の麒麟児《きりんじ》！」

ぎりっ、とガイアスが歯嚙《はが》みする。

両親は、気絶して運び込まれた弟に対しては、身を案じる言葉を投げかけてこない。

「しかも魔神を討伐するとは！　いやぁ、あの場にいた保護者達の驚いた顔といったら！」

「わたしたち、あなたを生んだ親として、鼻が高かったわ！」

「魔神を討伐したことで、近々国王陛下から勲章を授かるらしいぞ！　さすがはユリウス！」

「三人で王都へゆきましょう！　世に知らしめるのです、カーライル家の威信を！」

「母さん、ぼ、ボクは……？」

ちらり、とおふくろが弟を見やる。

その目は冷え切っていた。

「……あなたなんて、いらないわ。出来損ないに生きてる価値はありません」

「そうだ、我が家にはユリウスだけで十分だ。おまえは用済みだ。この家から出て行け」

「いや、出て行くのはあんたらだ」

俺は両親の背後に一瞬で回る。

ふたりの首根っこを掴んで、転移魔法を発動。

俺は裏庭にある、噴水の上まで転移した。

重力魔法で宙に浮かびながら、大人ふたりを両手で持ち上げてる。

俺が手を離すと、両親は噴水に落下する。

「あんたら、ちょっと頭冷やせよ。さっきのは、自分の息子に言っていいセリフじゃなかったぞ」

ずぶ濡《ぬ》れになったふたりは、呆然《ぼうぜん》と、俺を見上げる。

「ガイアスだって準優勝したんだぜ。十分誇らしいことだろ」

「ゆ、優勝し、魔神を退けたおまえと比べたら大したことないじゃないか！」

勇者と一般人を、同じ尺度で測るなんて愚かなことだ。

まあ、この人らにそんなこと、説明しても無駄だろうけれど。

「一応言っとくけど、勲章の授与には俺、いかないからな」

「「なんだって!?」」

「魔神程度倒しただけで、いちいち勲章なんてもらえるかよ」

二千年前の世界には、魔神以外に強い存在がゴロゴロしていた。

彼らと比べたら魔神なんてミジンコみたいなもの。

それを倒して偉いと褒められても、何の感慨も浮かばない。

「これは名誉なことなんだぞ！」

「知らん。興味ない。そんなに欲しきゃ自分たちだけでいけよ。じゃあな」

俺は転移して、弟の部屋に戻る。

ガイアスはベッドの上で三角座りし、青い顔をしていた。


「さっきの、気にすんなって」

「うるさい！　くそっ！　出て行けよ！」

弟は立ち上がり、俺の背中を押す。

部屋の外へと追い出された。

『みんなして手のひら返して兄さん兄さんって！　くそ！　くそ！　くそぉお！』

悲痛なる弟の声を背後に聞きながら、俺はため息をつく。


「浮かない顔だな、勇者よ」

人の姿になった魔王が、俺の隣に立つ。

「ああ。弟に悪いことしちまったなってよ。はぁ。どうしよう……」

「くははっ！　これは愉快だ。世界を救った最強の男が、たかが弟に心を乱すとはな」

「たかがってなんだよ」

むっ、と俺は顔をしかめて言う。

「それだよ」

「どれだよ？」

「わらわは、おぬしのその生き生きとした顔が見たくて、転生させたのだ」

魔王は慈愛に満ちた笑みを浮かべると、俺の頬に触れる。

「ユージーンは強かった。だがどこか人間離れしていた。戦う機械かと思った。でも、いまのおぬしは違う。今の顔の方が素敵じゃ」

ふふっ、と魔王は本当にうれしそうに言う。

「どうすりゃいい？　これから」

「答えは出ているのだろう？　もうとっくに。心のままに行動すればいいさ、若人よ」

☆

武闘大会から、一週間が経過したある日の朝。

俺はメイドに着替えさせて貰い、朝食を食べる。

「そういや、ガイアスの熱って下がったのか？」

「ええ。大会の翌日は高熱を出してましたが、その翌日には引きました」

「体調は？」

「まだ万全ではないのかと。お食事も召し上がらないようですし」


風邪が長引いてるのだろうか。

しかしさすがに、こうも長く引きこもられると、心配になるな。

「様子見に行くか」

ややあって。俺は弟の部屋の前までやってきた。


「ガイアス、おーい。入るぞー」

ガチッつ……！

バキィッ……！


「……鍵掛かってたんだけど」

「え、普通に開いたぞ？」

「……平然と素手で部屋の鍵を壊すとか、どんだけ怪力なんだよ」

弟はベッドの上で、三角座りしていた。

俺は弟の隣に椅子を創生し、座る。

「大丈夫か、学園を何日も休んで」

「…………」

「風邪が長引くようなら医者呼ぶぞ？」

「……だれの、せいだと思ってんだよ！」


ガイアスは布団をはねのけ、俺に枕をぶつけようとする。

パァンッ……！


「なっ⁉　枕が破裂した⁉」

「俺の体は常時魔力の鎧で包まれてるからな。ぶつかるとこうなる」

「二十四時間魔力を放出し続けて無事とか、魔力量どうなってるんだよ……」

ガイアスが弱々しくつぶやく。

艶やかな明るい茶髪は、心なしか色がくすんでいるように見える。

「どうした？　いつもの元気がないじゃないか」

弟は布団をかぶって、丸くなる。

俺は鑑定魔法を使う。

回復術の応用で、相手の体調を調べる魔法だ。

「なんだ、すっかり風邪治ってるじゃないか。どうして学園行かないんだよ」

「うるさい黙れ！　もうボクのことはほっといてよ！」

弟はかたくなに、ベッドから出ようとしない。

「ほっとかねえよ。俺はおまえの兄貴なんだ。落ち込んでいたら悩みを聞くさ」

「そうやってボクを馬鹿にしてるだろ⁉」

「いや、全くそんな気ないけど？」

くそっ！　とガイアスが悪態をつく。

「何に悩んでるんだ？」

「あんたにボロ負けしたのが悔しかったんだよ！　高熱出して寝込む程にね！」

「なぁんだ、じゃあ明日から俺と、一緒に練習するかっ？」

「は……？」

ガイアスがぽかんとした表情で俺を見やる。

「負けて悔しいって思うのは、勝つことを諦めてないからだろ？　つまり勝ちたいって気持ちがあるんだよ、おまえには。なら、俺はお前の手伝いをするぜ」

呆然とする弟に、俺は手を差し伸べる。

ガイアスは俺に向かって手を伸ばす。

パシッ……！

俺の手を払い、睨《にら》んで言う。

「誰が兄さんの手を借りるもんか！」

弟はベッドから飛び出ると、パジャマを乱暴に脱ぎ出す。

「くそっ！　チクショウ！　馬鹿にしやがって！　馬鹿にしやがって！」

制服に着替えると、鞄《かばん》を持って部屋を出る。

はねのけられた手を、俺はグッと握りしめる。

『くはは！　見事に振られたなぁ！　それで？　これで終わりか？』

「何言ってるんだ、これからだよ」

俺は出て行った弟の後ろをついてく。

「ついてくんな！」

「まずは魔素変換ができるようになろう。常に正しい呼吸を心がけるんだ。こうやってな」

「教えなくて結構だよ！　あんたに教えられると吐き気がしてハラワタが煮え繰り返るんだよ！」

「横隔膜の動きを意識して」

「うるさい！　黙れ！」

☆

弟のガイアスが学園に復帰した。

その日の午後は、教練室で実技の授業だった。

「今日は剣術の授業だ。二人ひと組となって模擬戦を行うように」

同級生達は、友達同士で組んでいく。

「なぁ、俺と一緒に組まないか？」

近くに居た同級生に声をかける。

「ひっ……！　か、カーライル君とは恐れ多くてできませぇん！」

「兄さん、ボクと勝負してよ」

弟が、俺に近づいてきた。

「おお、ガイアス。ありがとな」

「別に兄さんのためじゃない。ボクは自分のためにやってるんだ」

俺たちは模擬剣を持って、相対する。


「ボクは、あんたの手を絶対に借りない。なぜなら、ボクの方が天才だから」

ガイアスは双剣を構える。どうやら二刀流でいくようだ。

雷速の剣を使っていないが、ガイアスの移動速度は格段に上がっていた。

「見たかい兄さん！　あんたの全集中、盗ませてもらった！」


大気中から大量の魔力を吸い込む技術。

ガイアスは口で説明しただけで、完璧にものにしていた。

「うんうん、良いぞ。やっぱ天才だなぁおまえ」


体をコマのように回転させながら、ガイアスが斬りかかってきた。

俺は自分の剣の腹で、弟の剣の刃を受け流す。

つるん……！　とまるで氷の上を刃が滑るように動く。

ガイアスは顔面から、床に突っ込んだ。

「今の技は流水剣。敵の攻撃を受け流す技術だ。やってみ？」

「兄貴面するなって、言っただろう！　このぉっ！」


ガイアスが双剣で斬りかかる。

俺は弟を傷つけないよう、利き手と逆で剣をもって、わざとゆっくりと動く。

別に手を抜いていない。見て、弟に覚えてほしいだけだ。

弟は前のめりになって、床に顔から突っ込む。


「……ぷっ！　なぁにあの間抜け面」

「……ばっかみたいだな。何度も無謀に挑んでよ。ユリウスに勝てっこないのに」

外野の雑音に顔をしかめたくなるが、俺はそんなことどうでも良かった。

今は、大事な練習の時間だからな。

ガイアスはギリッと歯噛みする。

「くそがぁあああああ！」


全集中によって取り込んだ魔力で、弟の体力は強化されている。

突き出してきた双剣を、俺は流水剣で受け流す。

ガイアスが上段に双剣を構えて、飛び上がり、俺に斬りかかってくる。

俺は軽く剣を振り、打ち払おうとする。


「そこだッ！」

ガイアスは片手の剣の腹で、俺の剣を受け流す。

完璧な流水剣だ。

「まあ、まだまだだがな」


俺はすきだらけの弟の腹に、素早く二撃目を喰らわせる。

からん……と弟が剣を落とす。

ガイアスは激しく動いたことで、昼食の中身を吐き出してしまった。


「ぎゃははは！　なんだあいつゲロ吐きやがった！　きったねぇ……！」

「出涸《でが》らしに負けた今、どんな気持ち？　自分が見下していた相手に完敗してどんな気持ち？」

同級生達の悪口に、俺はさすがに腹が立った。

「おまえら、いい加減に」

「せやぁあああああああ！」

ガイアスは立ち上がり、俺に双剣を振ってくる。

さっきよりも、鋭い一撃になっていた。

俺は攻撃反射で弟の剣を弾き飛ばす。

弟は空中をクルクルと回り、顔から床に激突する。


「常に重心を意識するんだ。そうすれば空中でも体勢を整えられるようになる」

「偉そうに指示してんじゃねえ！　誰が兄さんの言うことなんて聞くもんか！」

結局何度やっても弟は俺に勝てずに時間終了。

「くそっ！　どうして勝てない⁉　ボクは天才なのに！」

「ばーか、ちげえよ」

「ぷぷぅ、勘違い乙～。だっせえ」


同級生達はひとしきり馬鹿にすると、部屋を出て行く。

俺は弟に近づいて、治癒魔法を施し、タオルを頭にかぶせる。


「気にすんな」

「……うるさい」

ふらふらになりながら、ガイアスは出て行こうとする。

「兄さん……なんで、拳から血が出てるの？」

「ん。ま、気にすんな」


最後に弟を馬鹿にしたやつらに、本気で腹が立ったのだ。

ガイアスはポケットからハンカチを取り出して、俺のもとへやってくる。

「なんだ？」

俺にハンカチを押し付けて、ガイアスは部屋を出ていく。


『くかか、可愛いやつよのぅ』

魔王の声が体の中から響き渡る。


「おまえにはやらんぞ」

『わかっておるって。人の女を取る趣味はない』

「いや弟は男だから」

『ともすれば少女に見えるほど美形ではないか』

「そこは同意だがやらん。断じてだ」

『心得ておるよ。存外よい弟だな、あやつは』

魔王の同意がとても心地よかった。

☆

転生勇者ユリウスが、武闘大会で魔神を倒した。

そのうわさは、隠れ潜んでいた魔族たちに、瞬く間に広がった。

魔族内では、大きく二つの派閥に分かれた。

ユリウスを王に据え、世界征服をたくらむ派閥。

もうひとつは、ユリウスを利用し、同じく世界を手に入れようとする派閥。


ここに魔族が一人いる。

名前はライカン。二足歩行するオオカミの魔族だ。

ライカンは、カーライル公爵の邸宅の屋上にいた。

深夜。


「そんじゃ誘拐しにいきますかぁ」

彼は能力《アビリティ》を発動させる。

完全隠密。足音や呼吸音等を、完璧に消し去ることができる。

「おれは隠密性に全振りしてるからよぉ、膂力《りょりょく》は魔族最低だ。けど人さらいには向いてるよな」

ライカンは邸宅の窓ガラスをぶち破り、中に入る。

彼の能力の発動中は、破砕音すらも消すことができる。

目指すのはユリウスの部屋……ではない。

別の部屋のドアを開け、ベッドで寝ている彼のもとへと到着する。

布団の上から、爪を突き立てる。


「あ？　手ごたえがねぇなぁ」

ザシュッ！

「いってぇ！」

振り返ると、そこには明るい茶髪の少年が、二本の剣を持って立っていた。

「ほぉ、おれに気づくとはな。弟は雑魚ってもっぱらのウワサなのによぉ」

ライカンが挑発すると、ガイアスは顔を真っ赤にする。

「ボクは雑魚じゃない！　訂正しろ！」

「おー、こわいねぇい」

ライカンは余裕の表情を崩さない。ガイアスの攻撃を、ひらり、とかわす。

彼の剣では魔族をとらえることはできない。

ライカンに足を払われ、ガイアスは床に転ぶ。

その背中に、爪を突き立てた。


「うぎゃああああ！」

「毒爪くらいで騒ぐなよ。致死毒じゃないんだからよぉ」

「なにが、目的だ……！　ぼ、ボクが邪魔だから殺すのか⁉」

「思いあがるなバーカ。用事があるのはてめえじゃねぇ、兄貴の方だよ」

「どういうことだ⁉」

「お前の兄貴、ありゃ別格だ。この世の理《ことわり》から外れた正真正銘の化け物だよ。敵対は死を意味する。なら降伏する？　そんなもったいないことしねえよなぁ」

ライカンは床に這《は》いつくばる人間を、見下ろして言う。

「せっかくあの化け物の制御装置が無防備に転がってるんだぁ。利用しない手はないだろぉ？」

「まさかおまえ、ボクを餌に、兄さんに言うことを聞かせようっていうのか？」

「御明察！　ミジンコ程度の強さしかないのに、頭の回転は蟻《あり》んこ程度にはあるんだなぁ」

魔族にコケにされ、ガイアスは歯噛みする。

「くそ！　この！　動け！　動けよ体ぁ！」

「無駄だなぁ。こいつは一時間しか効き目が無いかわりに、絶対に解毒できない特別な呪いの毒だ。てめえ程度の実力じゃどうもできねえよ」

ライカンはガイアスを俵のように持ち上げて、ゲラゲラと笑う。


「しかし弱いな弟くぅん。魔族最弱のおれにすら勝てないとか！　弱いでちゅねぇ」

ガイアスは必死の抵抗を見せ、ライカンの耳に咬《か》みつく。

「痛ぇ！　てめえ調子乗んなよ！」

ガイアスを床にたたきつける。


「むかついた。手足をもいじまうかぁ？」

「ひぃいいいい！」

「泣いて助けを呼んでみろよぉ、兄貴ぃってよぉ？　まあ無駄だけどなぁ。死ねや――」

……その瞬間、ガイアスの目の前で、ライカンは煙のように消えた。

「大丈夫だったか、ガイアス？」


弟をお姫様抱っこするのは、兄ユリウスだった。

ライカンの形をした穴が開いていた。

殴り飛ばされ、あそこを突き破って飛んで行ったのだろう。

兄が部屋に入ってきたことも、敵を殴った姿も、敵が吹っ飛んだところも。

何一つ、目で追うことはできなかった。


「ぐす……ちく、しょぉお！」

強くなったつもりだった。

けれど魔族には、自分は全く歯が立たなかった。

そんな相手《まぞく》すらも、兄の前では塵《ちり》にも等しい。

「魔族にすら勝てないボクは、ゴミってことかよ！　くそぉおお！」

☆

俺の家に、魔族が襲撃してきた。

狙いは弟だった。捕縛して俺に言うことを聞かせようって魂胆らしい。

ガイアスは先程から、へたり込んで涙を流している。

よほど、魔族が怖かったのだろう。

「怖い思いさせてすまないな。大丈夫、兄ちゃんがついてれば安心だぜ」

「ちがうよアホぉ～……」

そのときだった。

屋敷を、巨大な何かが突如として襲った。

すさまじい衝撃と音に、体がもっていかれそうになる。


「う、うわぁああああ！　って、えぇえええ⁉　なにこれぇ⁉」

ガイアスが腰を抜かしている。

「壁やガラスの破片が、く、空中に浮いてる。音も……しない。これ、どうなってるの……？」

「え、時間を止めただけだけど？」

【時間停止《タイム・ストップ》】

ほんの短い間だけ、時を止める魔法だ。


「もう……無茶苦茶だ……兄さんあんた、魔王の生まれ変わりなんじゃないの……？」

『惜しいな』

「さて、っと、襲ってきたのは隕石《いんせき》か」

一〇メートルほどの巨大な岩が、屋敷に衝突したようだ。

「こんなでかいのが近づいているのに、まったく気配を感じなかったのはどうして？」

「たぶんさっきの魔族が仕込んでいたんだろ。隠密能力が付与してある」

「こんなの衝突したら、この国滅びちゃうよ……」

「え、滅びないぞ」

　俺は右手を前に出し、全集中を使って魔力を練り上げる。

「な、なんだよこの膨大な魔力量は⁉」

「これから使う魔法、結構魔力食うからな。【時間遡行《タイム・リバース》】」


　その瞬間、俺の周囲に無数の魔法陣が出現。

　それは時計を模したデザインのものだ。

　時計の針が逆に回りだす。

　衝突寸前だった隕石は、宙へ向かい戻っていく。

　壁は元通り、そして隕石は、衝突する前の位置まで戻っていった。

「い、今の何なの……？」

「え、時間を魔法で十秒戻しただけだぞ？」

　弟はその場にへたり込む。

「さて、じゃあ後始末しますか」

俺はさっきの魔族が吹っ飛ばされて、開いた穴の前に立つ。


「なに、するのさ……？」

「隕石ぶっ壊す」

俺は剣を創生し、構える。

『勇者よ。これでは駄目だ。剣がもたない』


そういうと、俺の体から従魔の魔王が出てくる。

彼女は黒く輝くと、体を変化させる。

それは一本の黒い剣となった。

『魔剣ヴェノムザード。魔王が自ら剣に変化したものだ。これなら耐久性は申し分ないだろ？』

装飾の少ない、黒い刃の剣。実に手になじんだ。

「いい剣だ」

『くかか！　最高の賛辞だ。さて、勇者と魔王、最強同士のタッグだ。どうだ？』

「負ける気がしねえわ」

膝を曲げ、重心を落とす。

左手を前に出し、刃に添える。

勇者が大気中から集めてきた魔力と魔王が内包する魔力が、俺の中で混然一体となる。

体内にためた魔力を剣先に集中させる。

次第に魔力が、黒く、輝いていく。


「魔力に色がつくとこ、はじめてみた……」

「膨大な量の魔力を圧縮すると、黒く輝くようになるんだよ。……さて、いくか」


右手に持った魔剣を、超高速で突き出した。

落雷時のように、黒い光が周囲に瞬く。

俺の剣先から一直線に、黒い光線が放たれる。

黒い光は真っ直ぐ、落ちてくる隕石に衝突し、貫いた。


「⁉　い、隕石が……穴を中心に崩れてく」

ボロボロと、濡れた紙のように巨大隕石は崩壊していった。

やがて、文字通り跡形もなくなった。

「……い、いまの、は?」

「え、【崩壊剣《アルティマ・ソード》】だけど？」

魔力を超圧縮して打つ。

その光に触れたもの全てを崩壊させる、勇者アランの持つ奥義の一つだ。

『魔王である我も、あの奥義には苦戦させられた。見事な技だぞ、さすが勇者だ』

全てを片付けた俺は、修復魔法で壊れた壁等を元通りにする。

ガイアスは魂が抜けたような表情で、俺を見つめている。

ポロポロと、弟が涙を流す。

「だ、大丈夫か？　どこか痛いのか？」

「こんな人外のバケモノと、勝負するのが間違いなの？　ボクじゃ、一生勝てないのかよぉ」

さめざめと泣く弟に、俺はどうしていいのかわからなかった。

「お、お助け魔王さん」

『くはは！　断る！　悩め悩め若人よ！』

☆

俺が隕石を消し飛ばした数分後。

弟の部屋にて。

ガイアスは床に尻もちをつき、俺を見上げて言う。

「何をしたら、そんな風になれるんだよ……。ねえ、教えてくれよ」

「なにしたら、って言われてもな」

勇者ユージーンとして、力を手に入れるまでに何をなしてきたかを説明することはたやすい。

だがそれは、弟の求めてる答えではない気がした。

本当のことを打ち明けるべきだろうか。

たとえ信じてもらえなくても、それでガイアスの気が休まるなら……。


「それとも、兄さんは最初からボクを騙《だま》していたの？　生まれたときから、今日までずっと」

「それは断じて違う。誤解しないでくれ」

「もう、なんなんだよ。何が正しいんだよ。誰か、ほんとのこと教えてくれよ……」

ぐすぐす……と涙を流すガイアス。

俺は泣いてる弟を見て、心を決めた。

「ガイアス、聞いてくれ。俺は……二千年前に実在した勇者神の生まれ変わりなんだ」

「なに、言ってるの……兄さん？」

「勇者神の俺は消滅して、その強さを持ったまま、ユリウスとして転生したんだ。急に強さを身に着けたわけでも、今日まで実力を隠していたわけもない」


はぐらかすのは、不誠実だと思った。だから、正直に話した。

弟はうつむく。その表情はうかがえない。


「そんなこと、信じられるかぁあああああああああ！」

ガイアスは血走った眼で声を荒らげる。

「そんなバカげた話があるわけないだろ！　ボクをからかうのもいい加減にしろよ！」

「ええー……、本当なんだけど？　からかってもないぞ」

「ちくしょお！　くそ！　真面目に聞いたボクがばかだった!!」

ガイアスは立ち上がり、俺をにらみつける。

「あんたが強いことも、自分の強さの秘訣《ひけつ》を言いたくないこともよく分かったよ！」

「ほんとのこと言ったつもりだったんだけど？」


ビシッ！　とガイアスは俺に指をさす。

「ボクは負けないぞ！　たとえ天地ほど実力が離れてようと！　絶対にあきらめない！」

力強い言葉で、弟が宣言する。

「ボクは兄さんを超えて最強になる！　そして、この家の、真の後継者となる！」


その瞳には強い意志の光が宿っていた。

この負けん気の強さは才能だ。

見ただけで剣術をトレースするその目も才能だ。

ガイアスは気づいていないけれど、すさまじい才能の塊だと思う。

才能が開花し、成長する姿を、一番近くで見れるなんて、最高だ。


「よっしゃ、じゃあ一緒に修行しようぜ！」

「は……？」

「強くなりたいんだろ？　兄ちゃんに任せな、手伝うぜ」

「いや……え、話聞いてた？」

「おう。けど今のままじゃダメダメだ。基礎が全くなってない。一から鍛えないとな」


ギリっ！　とガイアスは歯噛みする。


「馬鹿にすんな！　あんたを超えるって言っただろ！　ボクにだってプライドがあるんだ！」

「けど我流でやるよりは効率良いんじゃないか。他に俺より強い師匠がいるなら別だけど」

「そ、それは……」

うつむき、震える弟の肩に、ポンッと触れる。

「強くなりたいんだろ？」

バシッ！　と俺の手をガイアスが払う。

「あんたには頼らない！」

「遠慮すんなって。じゃ明日朝五時に庭に集合な」

「勝手に決めるな！　誰が行くか！」

しかしその翌日、ガイアスは朝五時に、ちゃんと来ていた。

俺は転生して初めて、ここでやりたいことが少し、見つかった気がしたのだった。

☆

転生勇者ユリウスが、やりたいことを見つけた一方その頃。

学園長室にて、イセルスが不満気につぶやく。

「弟の面倒を見るだと？　そんなものは時間の無駄遣いだ！　まったく！」

がりがりと苛立たし気に、頭をかく。

「このままやる気がすべて弟の育成に向いては困る。早めに手を打たねば」

パンパン！　とイセルスが手をたたくと、部屋の陰に、魔族が数体。

「計画を早める。我が魔王には早々に、我々の用意した玉座に座ってもらおう」

「「「御意に」」」

スッ、と魔族たちが消える。

ふう、とイセルスはため気をつく。

「少々強引なやり方になること、ご理解ください魔王様」

# 第4章　勇者、この世界に意味を見出す

翌朝。

カーライル公爵の邸宅の庭にて。

「おっす、ガイアス。ちゃんと時間通り来たな、偉いぞ」

少年、ガイアス。

俺の弟が、動きやすい服装でやってきたのだ。

弟の頭を撫《な》でようとすると、その手を払われる。

「勘違いするな。ボクは別にあんたとなれ合いに来たつもりは毛頭無い」

実に嫌そうな顔で、吐き捨てるように弟が言う。

「ボクは自分のためにここへやってきた。兄さんを利用し、強くなるためにね」

「わかってるって。そんじゃ、さっそく練習するか」

俺は創生魔法を使い、成人男性の倍程度の岩を作る。

「よし、斬れ」

「ちょっと待ってよッ！」

「え、どうした？」

「斬れって、こんな岩斬れるわけないだろ⁉」

俺は練習用の模造剣を持ち上げて、軽く振る。

大きな音を立てながら、左右に岩が崩れ落ちた。


「な、簡単だろ？」

「兄さんは自分が規格外の化け物だってことそろそろ自覚しろよ！」

はぁ……とガイアスが大きくため息をつく。

「ちゃんとやり方教えてよ。普通の人間は、岩を片手間に斬れないよ」

「そうだな。じゃあとりあえず闘気《オーラ》を使えるようになろう」


弟に軽く概要を説明。

そして目の前で、実際に闘気を練り上げてみせる。


「兄さんの体から、黄金の輝き。すごい、これが闘気……」

じっくりと、ガイアスは俺の体から流れる闘気を見やる。

やがて、目を閉じて、すぅー……っと呼吸をする。

俺と同じように、ガイアスの体からも黄金の輝きが漏れる。

「……なんだこれ。全身に力が湧いてくる。これなら！」

ガイアスは模造剣を手に、半分になった巨岩の前に立つ。

「いける！　今なら絶対斬れる！　せやぁ！」

かつーん……！

弟の剣は巨岩に弾かれて、くるくると宙を舞って落ちた。

「ただ闘気で身体能力を強化しただけじゃ、岩は斬れないな」

「それを早く言えええええええ！」

怒ったガイアスが、俺に向かって殴りかかってくる。

「なっ⁉　か、体が軽い！　羽毛のようだ！」

力の制御ができず、ガイアスは俺の横を凄まじい速さで走って行く。

弟は屋敷の壁に、真っ正面からぶつかった。

「闘気は練り上げた量が増えると制御が難しくなる。まず制御できる量を見極めるところからな」

「はやく……言ってよ……」

ガイアスの体は黄金に輝いている。

しばらくの後。

ただし、先ほどより勢いは幾分抑え気味だ。

「よしよし、垂れ流すんじゃなくて、体内で循環させる感じだ。そのまま剣に闘気を集めてみろ」

ガイアスは、体に纏《まと》う闘気を、腕から手に、そして剣に流す。

「よし、もう一回振ってみろ」

弟はうなずくと、剣を構える。

闘気で強化した一撃を放つ。

高速で振り下ろされた剣は、巨岩を両断したのだ。

「は……ははっ！　どうだ！　兄さん見たかい！」

「ああ、たいしたもんだ。闘気の習得と制御を、まさか一日目でものにするとはな」

「これはもう天才だね！　ところでぇ？　兄さんは闘気をいつマスターしたのかな？」

「え、剣を握った瞬間からだけど」

「ボクよりすごいじゃないかよぉおお！」

ガイアスは地団駄を踏む。

「そんなことない、お前も十分すごい、才能あるよ」

「ボクより才能ある人間が言うなよ！　腹立つんだよ！　チクショウ！」

「よしこの状態で素振りするぞ。基礎からみっちり教える」

「ちょっ⁉　制御で手一杯で、素振りなんて無理！」

「とりあえず一万回な。俺に合わせて振るうんだぞ。そら、１２３４５６７８９１０１１」

「だから無理だって言ってるだろ馬鹿兄ぃいいいい！」

☆

朝練開始から二日後。

早朝の庭にて。

弟は岩の上に、あぐらをかいて座っている。


「すぅー……はぁー……すぅー……」

「そうだ、魔力を大気から集める呼吸方法・魔素変換。まずこれで日常生活が送れるようになれ」

「……さらっと恐ろしく高いレベルを要求しないでよ」

「え、簡単だろ？」

「そりゃあんたはね！　天災級の化け物だからね！」

声を荒らげつつも、なんだかんだで、ガイアスは呼吸法を乱していなかった。

「やぁユリウス！　こんな朝早くから鍛錬とは！　いやぁ、感心感心！」

俺たちの父、カーライル公爵が、ニコニコしながら近づいてくる。

「規格外の力を持ちながらも、鍛錬を怠らない！　さすがだ！　……そこの不良品と違ってな」

ギリッ、とガイアスが歯嚙みする。

「……父さん、ボクの修行の、邪魔しないでよ」

「修行ぅ？　これはお笑い草だな。出来損ないが頑張ったところで、無意味だというのになぁ」

フンッ！　と親父が弟の努力を鼻で笑う。


「全く無駄な努力だ！　無駄無駄、凡才はいくら頑張ったところで真の天才の前では――」

「お前もう黙っとけ」

俺は親父をにらみつける。

にらむ、というただそれだけの行為だが、俺の場合だとそこに魔力が載り、衝撃波となる。

「ぬわぁああああああああ！」

親父は情けない声を上げながら吹っ飛んでいく。

屋敷の壁に激突し、そのまま気を失った。


「ガイアス、気にするな」

この間も、弟は魔素変換の呼吸法を乱さなかった。

唇をぎゅっとかみしめ、血をつぅ……と流している。

馬鹿にされて、辛いのだろう。苦しいのだろう。

それでも、弟は修行に集中していた。

「たいしたヤツだよ、おまえは」

俺が言うと、ガイアスの目から涙がこぼれた。

ふらふらと、親父がおぼつかない足取りで、俺たちの元へやってくる。

「わしは何かお前を怒らせることをしてしまったか？　許してくれぇ！」

親父は俺の前で跪《ひざまず》いて、腰にしがみつく。

「おまえは我がカーライル家の期待の星だ！　こんな才能の無いクズの弟とちがってな！」

必死になって、親父が俺の機嫌を取ろうとしている。

バシッ！　と俺は親父の手を振り払う。

「弟の修行の邪魔だ。とっとと消えてくれよ」

「こんなカスの無意味な修行の方が、父親であるわしよりも大事だというのか⁉」

「え、当然だろ？　比べるまでもないよ」

ギリッ……と親父が歯噛みする。

「出来損ないめ。おまえなんて消えればいいんだ！　ユリウスはわしのものだぁあ！」

親父が杖《つえ》を取り出し、ガイアスめがけて、魔法を放とうとする。


「弟よ、教えたヤツ、やってみな」

俺は止めに入らなかった。

無駄な呪文詠唱を、親父が開始する。

「炎よ！　我が手に集え！」


すぅ、っと弟は右手を親父に向ける。

その間に、親父は馬鹿みたいなポーズで、無駄に長い詠唱を終える。

「死ねえ出来損ない！　【火球《ファイヤー・ボール》】！」

ぽひっ……と情けない音とともに、線香花火並みの小さな炎が出る。

ガイアスは、不安な表情を俺に向ける。


「大丈夫だ。おまえならできる。俺を信じろ」

こくり、と弟はうなずく。

「……【火球】！」

ガイアスの手から放たれたのは、三メートルの火炎の球だった。

「なっ⁉　無詠唱魔法⁉　それにこの威力……ぐわぁあああああああ！」

弟の放った人間大の炎の球が、親父にぶち当たる。

親父は情けない声を上げて、地面にのたうち回る。

俺は適当に魔法で水をぶっかけて、治癒を施した。

弟を人殺しにするわけにはいかないからな。

「よし、無詠唱はバッチリだな。魔力の威力も全集中を使ってしっかり強化されてた。満点だ」

「……兄さん。その、あ」

「え、どうした？」

「なんでもないよ！」

ガイアスは岩から降り、屋敷へ向かってずんずんと歩く。

「おーい、待てよー」

「うるさい！　ついてくるな！」

俺は弟の後を追いかける。

☆

弟と修行をするようになってから、一週間ほどが経過した。

昼休み。

俺は友達のエリーゼとサクラとともに、食堂でランチを食べていた。

「ユリウスはん、そのお弁当、誰に作ってもらってるん？」

「え、自分で作ってるんだけど？」

「料理上手なんやなぁ、うちの旦那様は。素敵やぁ～♡」

サクラが目を細めて、俺の腕にしがみついてくる。


「うちもこんな美味しそうなお弁当、食べてみたいわぁ。なぁ、うちにも弁当作ってくれへん？」

「おう、いいよ」

「ほんま？　やったぁ」

ニコニコしながら、サクラが俺の腕をぎゅーっと抱きしめる。

「いいなぁ、わ、わたしも食べたいなっ！」

「おう、いいぞ。どうせいつも二人分、作ってるからな」

「二人分？」

「兄さん、弁当箱返しにきたよ」

弟のガイアスが不機嫌そうな顔で近づいてきた。

俺は弁当箱を受け取り、蓋を開けて中を確認する。

中身は全部なくなっており、しかもきれいに洗ってあった。


「今日はちゃんとピーマン残さず食ったな。えらいじゃないか」

「あれだけ言ったのにピーマン入れるなよ！」

「そりゃ無理だ。バランスよく食わないと良い体は手に入らないからな。俺に勝ちたいんだろ？」

ぐっ！　とガイアスが歯《は》噛《が》みする。

「……わかったよ。その代わり！　何も変わらなかったら承知しないからな！」

ふんっ！　とガイアスは鼻息を荒くして、踵《きびす》を返して離れていく。

俺たちのやり取りを、エリーゼたちはポカンとした表情で見ていた。

「なぁ、あんた弟はんの弁当作っとるんか？」

「え、そうだけど？」

ふたりは信じられないものを見る目で、俺を見やる。

「どうして？」

「あいついつも昼は外食でさ、バランスの悪いものばっか食うんだよ。ハンバーガーとか。それじゃ強靱な肉体は手に入らないってことで、俺がバランスを考えた弁当を作ってるんだ」

「食事にバランスって関係あるの？」

「あるある。なにせ自分の肉体は、口から入ったものをもとにして作られてるからな。偏った食事は不健康な体を作っちまうよ」


「そうなんだ！　知らなかった、物知りだねユリウス君！」

「きちんと自分のことだけでなく、弟はんのことまで気にかけとる。優しいやっちゃなぁ」

「兄さん！　いつまで昼ご飯食べてるんだよ。昼休みもボクと訓練するって約束だっただろ！」

模造剣を持ったガイアスが、食堂へやってきて俺に言う。

「おう、悪い、すぐ行く」


俺はパパッと食事を終えて、弁当箱を持って立ち上がる。

「それじゃ俺いくわ。弁当は明日作って来るからよ」

エリーゼたちに別れを告げて、俺はガイアスのもとへいく。


「明日弁当何がいい？」

「なんでそれをボクに聞くんだよ」

「え、だって兄貴なんだし、弟に好きなもの作ってやりたいだろ？」

「意味わからないし、どうでもいいよ。だいたい、味なんてどーでもいいし！」

「あ、そう。じゃあ明日はピーマンの炒《いた》めものとピーマンの肉詰めな」

「ふざけんな！　いじめだよそれ！」

俺たちは食堂を出て行く。

☆

転生勇者ユリウスが、弟を鍛えることになってから、ひと月程が経過したある日。

とある洞窟のなかにて。


「うききっ！　誘拐してきてやったぜ、出来そこないの弟をよ！」

魔族ゴクウはニヤリと笑う。

サル型の魔族だ。

「ライカンのやろう馬鹿だよなぁ。誘拐するなら、あの化け物がいないタイミング狙うだろ」

ゴクウは嬉々《きき》として麻袋を、地面に乱暴に放り投げる。

人がひとり入ってるように、膨れ上がっている。

「雑魚一人誘拐するだけ。楽な仕事だったね」

「誰が雑魚だって？」

麻袋が切り割かれ、茶髪の少年が出てくる。


「ば、ばかなっ！　おれの調合した眠りの毒を自力で打ち破れるはずがない！」

「兄さんが『解毒魔法の特訓だ』っていってボクにかけた【死の呪毒】と比べたらゴミだよ」

「魔王様しか使えない即死級の毒を、人間ごときが使用することなど不可能だ！」

「ほんとそうだよね……それで、何の用？」


人間は魔族である自分を見るだけで、震え上がるはず。

しかしこの少年は、微塵《みじん》も恐れている様子がない。


「ききっ！　貴様をさらい、あの化け物に言うことを聞かせるためだ！」

「くそっ！　まだボクは魔族から見たら、兄さんのおまけの雑魚だと思われてるのか！」

ぎゅっと歯噛みすると、ガイアスは剣を構える。

「殺す！　憂さ晴らしだ！」

「ききっ！　これは驚いた！　おれを倒す気でいやがるのか！　不遜な人間《サル》だなぁ！」

「サルはおまえだろう？」

ゴクウは、衝撃を受けた。

離れた場所にいたガイアスが、一瞬で間合いのうちに入ってきたのだ。

彼の放つ剣の一撃を、ゴクウは紙一重でかわす。

「ば、ばかな！　なんだ今のは⁉　速すぎだろ！」

「くそっ！　こんなんじゃ遅いんだ！　兄さんと比べたらハエが止まって見えるレベルだよ！」

「ふざけるな！　今の神速の抜刀がトロいだと⁉」

彼はまた一瞬で距離を詰める。

ゴクウは如意棒を取り出し、その剣を受け止める。

ぶつかり合う武器たち、だが完全に力で押し負けていた。

「せいっ！　せやぁっ！」

ガイアスは双剣を凄まじい速さで振るう。

二本の剣が、速すぎて四本に見えるほどだ。

「くっ！　このおれが防戦一方だと⁉」

強めに弾かれ、ゴクウは吹き飛ばされる。

「ぜぇ、はぁ！　は、話と違うじゃないか！　弟は弱いはずだろ⁉」

「あぁくそっ！　そんなこと今更言われなくてもわかってるんだよ！」

ガイアスは右手をゴクウに向ける。


「【風刃《ウインド・エッジ》】！」

超巨大な風の刃が、目にもとまらぬ速さで、ゴクウへ飛んできた。

ゴクウは避けるまもなく、風刃によって胴を真っ二つにされた。

「そんなバカな！　確かにおれは下級の魔族……けど、人間ごときに後れを取ることなんて！」

「くそっ！　ダメだ！　こんなんじゃ兄さんに全く届いてない！」

人が魔族を倒したという快挙を成し遂げたのに、ガイアスは全く嬉《うれ》しそうではなかった。


「こうなったら……奥の手を使う！　秘技・分身の術！」

ゴクウは、全身の毛をむしって、息を吹きかける。

煙を立てながら、同じような魔族が複製されていく。

「ふははっ！　どうだぁ！　一〇〇体の分身を前に、絶望しろぉ！」

吐き捨てるように、ガイアスが言う。

「まあ、前のボクならね。けど……今のボクは、一万の分身を作る人を知っている」

「は、はは！　嘘《うそ》も大概にしろ！　そんなことできる人間がどこに居る⁉」

「確かに人間はいないよ。けど……化け物ならいるから」

そのときだった。

一〇〇居るゴクウの分身が、一瞬にして消し飛んだのだ。

「よっ、ガイアス。おまえ音楽の授業サボってこんなとこで油売ってちゃだめだろ？」

剣を持った黒髪の少年が、いつの間にかそこにいたのだ。

ゴクウは混乱の渦中にいた。

「お、おまえ……どこから現れた⁉」

「え、転移してきたんだけど？」

「どうしてすぐ駆けつけなかったんだ⁉」

「いや、授業中だったし、サボっちゃ駄目かなって」

「弟が魔族にさらわれたのにか⁉」

「え、おまえ魔族だったの？」

愕然《がくぜん》とするゴクウに、ガイアスは隣にしゃがみ込んで、ぽん……と頭をたたく。

「わかった？　これが本物の化け物だから」

「え、誰の話？」

「「おまえのことだよ！」」

☆

あくる日の放課後。教室にて。

「ねえユリウス君。帰りにお茶してかないっ？」

同級生のハーフエルフ・エリーゼが、ニコニコしながら誘ってくる。


「あ、ごめん。放課後は弟と用事があるんだ」

「むぅ。そう言えば最近ずっとだよね。いつも何してるの？」

「え、弟の修行に付き合ってるんだけど？」

「修行……ねえ、見学させてもらってもいい？」

「うちもぉ、気になるわぁ～」

極東の王女サクラが俺たちの元へやってきた。

「おう、いいよ。みんなで行こうか」

俺たちは教室を出て、弟のもとへ向かう。

「どこで修行やっとるん？」

「特待生の部屋。中を改造してトレーニングに使ってるんだ」

「へぇー……いいなぁ、ユリウス君と個人レッスンかぁ～♡」

俺は特待生の部屋までやってきた。

「兄さん！　遅いじゃないか……って、え？」

弟のガイアスは既に部屋にいた。

「……誰、そいつら？」

「おいおい同級生の顔も忘れたのかよ」

「……興味ない。どうしてここに連れてきたのさ？」

「え、だって見学したいって言うから」

「……ふーん」

ガイアスは不機嫌そうに、部屋の奥へ引っ込んだ。

「ごめんな、うちの弟が失礼して」

部屋は二つに区切って使っている。

手前はソファなどを置いてある応接スペース。

奥は四方を結界で包み、暴れてもいいように作ってあるトレーニングスペース。


「この部屋の設備、学園が用意してくれたの？」

「え、自前で。魔法で作った」

「えぇ!? す、すごすぎる！」

「やっぱユリウスはんは、すごいわぁ♡」

「兄さん！　いつまで女と喋《しゃべ》ってるんだよ！」


弟がやってきて、俺の腕を掴んで引っ張る。

「悪い。じゃ、みんなは危ないから応接スペースにいてな」

俺たちはトレーニング室へ移動。

「じゃ今日も打ち込みからな。魔法もありで」


ガイアスが俺に突っ込んでくる。

四方八方から、双剣を使って攻撃してくる。

俺はその場から動かず、弟の剣を全て受け流す。

だが今朝より剣筋が雑だった。

手数は増えたし、太刀筋も鋭い。

「くそっ！　このっ！」

がら空きの胴体に俺は掌底を放つ。

俺のカウンターを受けて、ガイアスがその場にしゃがみ込む。

「なんか怒ってるだろ。剣に出てるぞ？」

「うるさい！　馬鹿兄さん！」

ガイアスはバク転し、俺から距離を取る。

「【風烈刃《ウィンド・ストーム》】！　【業火球《バーン・ストライク》】！」


中級の風と火の魔法を、同時に放つ。

立っている場所を中心として、炎の竜巻が発生した。

俺は剣を創生し、竜巻を斬る。

魔法が強制解除され、弟は膝をつく。


「中級魔法を無詠唱で同時発動できるようになったのは評価する……が」

うつむく弟に近寄り、俺は頭をなでる。

「どうした、嫌なことでもあったか？」

エリーゼ達が、応援スペースから、俺たちのいる場所までやってきた。

「すごすぎるよ、あんな速さの剣を全部さばくなんて！」

「強力な魔法を一刀で斬ったのも見事やったわぁ♡」

ふたりが俺に至近距離まで近づいて言う。

「チッ……！　どけよ！　修行の邪魔だよ！」

ガイアスがエリーゼ達を、突き飛ばそうとする。

パシッと俺はその手をつかんだ。


「女の子に手を上げちゃ駄目だろ？」

「うるさい！　こいつら邪魔なんだよ！」

「許してやってくれ。なんか今日虫の居所が悪いみたいなんだ」

「ところで、弟さん、あんなに強くなったのって、修行のおかげなん？」

「そうだな。始めてから一ヵ月くらい？」

「そんな短期間で⁉　す、すごい！」

「なぁユリウスはん。うちも修行つけてくれへん？」

「あ、わたしも！　あれくらい強くなりたい！」

サクラとエリーゼが手を上げる。

「おう、いいぞ」

「ちょっと待ちなよ！」

ガイアスが、なぜか焦った調子で言う。


「なんで他のヤツも面倒見るんだよ！」

「え、別にいいだろ。ひとり見るのも、三人見るのも同じだし」

「だめ！　兄さんは、ボクだけ見てればいいんだ！」

「……別にお兄さんはあんたのもんちゃうやろ？」

「兄さんはボクのだよ。他人はすっこんどけよ」


険悪なムードだが、良いきっかけかもしれないと思った。

ここ最近特に、ガイアスは教室で浮いてしまっている。

どうにか同級生と接点が作れないものかと、思っていたのだ。


「じゃあ俺たちで同好会《サークル》立ち上げないか？」

「「同好会？」」

「生徒手帳に書いてあったろ。学生達で集まり、放課後スポーツしたり、学業したりする活動」

確か四人居れば、同好会の申請ができたはずだ。

「俺、ガイアス、サクラ、エリーゼ。ほら、必要な人数はそろってる」

「うちは賛成。……まあ、弟君と一緒なのはちょっとアレやけど」

「わたしも、ユリウス君と放課後も一緒なのは大賛成だよ！」

「ボクは反対だぞ！　どうしてこいつらと……」

俺はガイアスの肩をポンッとたたく。

「頼むよ。な？」

「……まあ、兄さんがどうしてもって言うなら」

☆

転生勇者ユリウスが、同好会を立ち上げた数日後。

学園内の地下ダンジョン内部にて。

床には、明るい茶髪の少年が寝かされている。

祭壇のような場所。

「勇者も詰めが甘い。よもや、学園内に、魔族が紛れ込んでいるとは思わなかったのだろう」

ゆらり、と少年が立ち上がる。

「竜すら身動きできなくする、わが束縛魔法を打ち破るとは。さすが勇者。ウワサ通りだな」

「……人違いだよ」


少年は魔族を睨《にら》む。

「きみ、学園で見たことあるよ。たしか三年生の先輩だったよね」

「ふ……ご明察。我こそは、中級魔族アルファーである！」

アルファーは体から闘気を放出させる。


「目的は何？　どうしてボクをさらう？」

「知れたこと！　我ら魔族にとって勇者、貴様は邪魔な存在。だから消す、それだけだ！」

アルファーは闘気で身体能力を強化。

超高速で、少年めがけて飛ぶ。

「目にもとまらぬ高速移動、果たして貴様に捕らえることが……」

「見えてるよ」

少年はアルファーの右頬を殴り飛ばす。

アルファーは壁に激突し、ずり落ちる。

「くっ……なんという動体視力。いや、さすが勇者と言うべきか」

「人違いだって言ってるだろ！　腹立つな！」


少年はアルファーに負けず劣らずの速さで、肉薄してくる。

超高速の打撃戦が繰り広げられる。

相手の拳を一方的に浴びせられるのではなく、有効打を着実に入れていく。

「そんなばかなっ！　中級魔族のアルファーと互角……否！　上回る速度だとぉ！」

「兄さんと比べたら遅いんだよ！」

少年は回し蹴りを喰《く》らわせる。

アルファーは天井に激突し、そのまま落ちる。


「な、なるほど……さすが最強と言われるだけはある」

「ねえ、さっきから誰のこと言ってるの？」

「謙遜するな……おまえがユリウスだろ」

ビキッ！　と少年は額に青筋を立てる。

体から凄まじい量の闘気が噴き出す。

「ボクはガイアス！　ユリウスの弟だぁあああああ！」

ガイアスは闘気を拳に込めて、【撃ち出す】。

それは黄金の光線となって、射出される。

力の奔流に飲まれたアルファーは、そのまま爆発四散する。


「あの人がこの程度なわけないだろ！　兄さんに失礼だろうが！」

ガイアスは、撃破した中級魔族に、怒りをぶつける。

「ばかな……おまえのような化け物でも、ユリウスには及ばない、というのか……！」

アルファーは瀕死《ひんし》の状態だ。

ガイアスから聞いた内容に、ショックを受けている様子である。


「こうなったら奥の手・巨大化《ギガント》ぉ！」


魔族アルファーの持つ固有の能力《アビリティ》だ。

体を二十倍にも巨大化させることができる。

この部屋は儀式用だからか、巨大化しても壊れることはなかった。

『はーっはっは！　どうだぁ！　さっきの二十倍の強さとなった、この我に勝てると思うかぁ！』

巨大化したアルファーを見ても、しかし、ガイアスは微塵も動揺していなかった。

「君がどれほど強くなろうと、本物の化け物には勝てないんだから」


「よっ、ガイアス。迎えに来たぜ」

黒髪の少年が、突如として出現したのだ。

「おまえよく誘拐されるなぁ。お姫様みたいだな」

「だ、誰が姫だ！　妙なこと言うな馬鹿兄貴！」

「はは、すまんすまん」

『この我を無視するとは良い度胸だなぁ！　死ねぇい！』


超巨大な腕が、黒髪の少年めがけて振り下ろされる。

ゴギィ……！


『勝った！　今確実に、骨が折れる音がした！』

「君のだよ」

『ほへ……？』

アルファーの全身の骨は、少年を殴っただけですべて粉砕骨折したのだ。

『うぎゃぁあああ！』

「兄さんの魔力の鎧《よろい》を、その程度の膂力《りょりょく》で打ち破れるわけないだろ」

アルファーは無理矢理立ち上がろうとする。

黒髪の少年は魔族めがけて、離れたところから、デコピンを打った。

それだけですさまじい衝撃波が、魔族に襲い掛かる。

『こ、これは闘気砲。否！　さっきの何百倍の威力⁉　よもや失われし秘術・究極闘気砲《アルティメット・キャノン》か⁉』

「え、ただのデコピンだけど？」

『そんな馬鹿なぁあああ！』

衝撃波はアルファーを飲み込み、祭壇の壁をぶち破る。

ダンジョンの壁を何百と貫き、外との連絡通路を作ってしまった。

「こんな化け物とボクを間違えるなんて、バカな魔族もいたもんだよ」

☆

あくる日、俺は学園長室を訪れていた。

「別についてこなくていいんだぞ、弟よ？」

隣のソファに座るのは、弟のガイアスだ。

「ボクも昨日の魔族襲撃の目撃者なんだから、いたほうがいいでしょ？」

「おまたせしました、ユリウス君」

学園長のイセルスが、部屋に入ってきた。

彼が、俺たちの前に座る。

「単刀直入に言う。生徒達の中に魔族がいた。誰かがこの学園に手引きしてる疑いがある」

「なっ⁉　昨日のやつ以外にも⁉　ほ、ほんとうかい、兄さん」

驚くガイアスとは対照的に、学園長は沈んだ表情をしていた。

「風紀委員のネルソン先輩に聞いた。最近、学園を無断で休む生徒が増えてきてるらしい。家にも帰ってないそうだ」

弟が息をのむ。

一方で、学園長は目を閉じて、重々しくため息をついた。

「……ユリウス君。悪いことは言いません。これ以上踏み込んではいけない」

「ということは、何か心当たりあるんだな？」

真剣な表情でイセルスは続ける。

「……ふたりは、数年前から、理事長推薦枠ができたことを知ってますか？」

「理事長自ら能力のある学生を全国から集めてくるってやつですよね？」

ガイアスの言葉に、学園長がうなずく。

「理事長が独断で決める推薦枠なのです」

「理事長が選んだやつらの情報は、手元に来ない？」

「……その通りです。さすがユリウス君ですね」

特待生が魔族と考えるなら、つじつまは合う。

「現にアルファー君は三年の推薦枠です。彼が魔族だったのならば、おそらくは……」


「下がってろ」

俺は学園長と弟の首根っこを摑み、後ろに投げる。

一瞬でさっきまでいた場所が蒸発して消えた。

「なっ、なんだよ⁉　何が起きたんだ⁉」

「なにかとてつもない高熱の光線が、屋上から降ってきた……？」


俺は見上げる。

ぶち破られた天井の向こうにいたのは、翼を生やした白いモンスターだ。

巨大な人間のようである。

だが顔に目などのパーツはない。白い石像のようなイメージだ。


「ま、まさか……天使⁉」

学園長は目を見開く。

「二千年前の勇者神と魔王との戦い以降、姿を地上に現したことはないはず！」

「その天使がどうしてボクらを攻撃したのさ⁉」

「どうやら、俺たち三人を抹消したいらしいな」


天使は両手を前に出す。

『下級天使だな。天の矛という極大魔法を超える光の魔法を使ってくるぞ、勇者よ』

「お、終わりだぁ！　天使に人間がかなうはず無いんだァ……！」

超高温のレーザーが射出される。

俺は剣を創生し、レーザーを攻撃反射《パリィ》する。

弾かれたレーザーは、そのまま天使の右腕を消し飛ばす。


「兄さん⁉　あんた今なにしたの⁉」

「え、天の矛の軌道を見切って、剣で弾き返しただけだけど？」

「はぁああ⁉　あ、あんな超高速なレーザーを見切ったって言うの⁉」

「……それに、あの高温の光を間近で受けて、生身で無事なはずがないですよ」

「え、あの程度の熱量じゃ、やけどすら負わないだろ？」

片腕を失った下級天使は、左手を頭上に掲げる。

まばゆい光の剣をその手に顕現させた。

『天の剣。超高熱のレーザーソードだな。触れたものを瞬時に融解し、万物を切り裂くという』

「ゆ、ユリウス君！　あの剣は耐熱魔法障壁でも防げません！　逃げてください！」

天使はレーザーソードで、俺に斬りかかってくる。

天の剣を素手で摑むと、俺はそのまま引き寄せる。

「魔王、剣を」

『心得た』

魔剣ヴェノムザードが俺の手に握られる。

魔力を吸い込んだそれは黒く輝きだす。

俺に引っ張られ、頭から突っ込んでくる天使に向かって、俺は魔剣を振るう。

一刀両断され、天使はその場に崩れ落ちた。

「て、天使が……神が作りし兵器が、一撃ですって……？」

「ぐす……うぐ……」

一方で弟は、なぜか泣いていた。

「え、なんで泣いてるんだ？」

「うるさい！　兄さんに全然追いつけやしないじゃないか！」

☆

天使を撃退した、その日の夜。

俺は弟の部屋の前にいた。

『勇者よ、何をしてるのだ、こんな夜中に？』

「ガイアスが学校から帰ってきてから、元気なくてさ。なんかあったのかなって」

ドアをノックするが、返事がなかった。

「あれ？　いない」

『ニーサン！　ニーサン！』

屋敷の外、庭のあたりから、弟の声が聞こえた。

なんだか焦っているような感じがした。


「まさか……また魔族？」

転移魔法を使って、声のする方へと転移する。

「ちょっ！　やめてってばニーサン」

「ばうっ！　ばうわうっ！」


ガイアスが犬に押し倒されている。

ベロベロ、と口の周りを舐《な》められていた。

「やめてよニーサン、くすぐったいじゃないか」

「ばうわうっ！」

「ニーサン！　お座り！　ご飯あげないよ！」

「きゅーん……」

犬がガイアスから退く。

「よしよし、良い子良い子。安心して、ちゃんとご飯あげるから」

「ばうっ！」

またも、犬がガイアスに飛び乗って、ベロベロとなめる。

「あははっ！　もう、ニーサンは甘えん坊だ……兄さん？」

犬とじゃれていた弟と、ふと目が合う。

ガイアスは顔を真っ赤にする。

「こ、これは違うから！　飼い犬の散歩してただけだからな！」


俺たちはカーライル家の庭にいた。

ベンチに並んで座る。

足下には大型犬が、お皿に盛られた餌を食べている。

「しかしどうして名前がニーサンなんだ？」

「……え？」

「どうした？」

「……いや、なんでも」

ガイアスは犬の頭をなでながら言う。

「小さな頃にユリウスが拾ったんだ。凄くなついてて、四六時中一緒だったんだよ」

その後ガイアスが、俺を呼ぶたび、一緒に居た犬が反応するようになったそうだ。

「こいつ、自分の名前をニーサンって勘違いするようになってさ」

「ふーん。おまえ、そんなに何度も俺を呼んでたってことか？」

「はぁ⁉　なんでそうなるんだよ！　違うよばか兄さんっ！」

「きゅーん……」

「あ、違うよ。おまえじゃないほうを罵倒しただけだからね」

わしゃわしゃ、とガイアスがニーサンの頭をなでる。


犬は毛並みがよく、モフモフしていた。

うーむ、羨ましい。


「なあ、俺にも触らせてくれないか？」

「いいよ、ほら、いきな」

ニーサンは俺を見やるが、プイッとそっぽを向いて、弟の顔をペロペロしだす。

「ははっ、ニーサンはボクの方が好きなんだねっ」

「なんでうれしそうなんだ？」

「ずっと負けっぱなしだっただろ？　だからこんなちっぽけなことでも、勝ててうれしいんだ」

よしよし、とガイアスが飼い犬の頭をなでる。

「……でも本当は、これで勝ちたくなかったよ」

「え、なんだって？」

「ううん、なんでもないよ」

俺たちは並んで、夜の庭を歩く。

弟は飼い犬ニーサンのリードを手に持っている。

「なぁ、おまえなんか悩みあるのか？　元気ないみたいだし」

「ちょっと、遠いなって思ってさ」

「遠い？　なんのことだ？」

「兄さんとの、実力差のことだよ」

弟はしゃがみ込んで、飼い犬の頭をなでる。

「最近ボクさ、魔族と互角に戦えるようになったじゃん。まだまだ遠いけど、兄さんの背中が少し見えていた気がして、うれしかったんだ」

けど……と弟。

「天使なんていう、尋常ならざる者がいて、それすら兄さんは凌《りょう》駕《が》してみせた。だから、ちょっとめげそうになってさ」

ガイアスは飼い犬を抱きしめる。

ペロペロ、と目の周りを舐められていた。

「心配すんな。あんなの、おまえもすぐ倒せるようになるよ」

ガイアスは俺を見て、微笑んだ。


「……うん、今の兄さんなら、そう言ってくれるって信じてたよ」

弟の表情が明るくなる。

だがその目元は、少し愁いを帯びていた。

「ありがとう、兄さん」

「ばうっ！」

「おいおい、ガイアスは俺にお礼を言ってくれたんだぜ？」


俺は飼い犬ニーサンに押し倒され、顔をペロペロされた。

「ちょっ、ガイアス助けてくれ」

「ははっ！　やーだよ。困ってる兄さんなんて滅多に見れないんだから、助けてあげない」

☆

翌日の放課後。

俺は地下ダンジョンの入り口にいた。

「兄さん、どうしても、ついて行っちゃだめ……？」

ガイアスは不安げに俺を見上げる。

「駄目だ。敵は天使を使役してきた。今のお前じゃ荷が重い」

「足手まといだよね……これから敵かも知れない、理事長に会いに行くんだから」

理事長は学園に、魔族を引き入れている疑いがある。

俺は真相を明らかにするため、理事長に直接会いに行こうとしていた。

「おまえを足手まといなんて、思ったことは一度もないさ。ただ相手は未知数だ。お前の身に何かあったら大変だろ？」

「……それは、兄さんにも言えることじゃないか。何かあったらどうすんだよ？」

「え、なに心配してくれるの？」

「ち、ちが…………そうだよ」

「心配すんな。大丈夫、何事もなく帰ってくるからよ」

ガイアスは俺を見上げて言う。

「いってらっしゃい」

「おう、いってきます」

ややあって。

「なあ学園長さんよ、理事長は本当に、地下ダンジョンにいるのか？」

俺の後ろを、学園長セルスが歩いている。

「本当ですよ。理事長室は学園長《わたし》しか場所を知らされていません」

「ふーん……俺に場所を教えて良いの？」

「もちろん。あなたは特待生ですからね」


「ブモォオオオオオオオオオ！」

『ミノタウロス。頭が牛のSランクモンスターだな』

魔王の解説が終わると同時に、ミノタウロスは肉塊となって、その場に崩れ落ちた。

「素晴らしい……！　刹那のうちに剣を作り細切れにしたのですね！　さすが勇者神さまです！」

「……あんた、今の動き見えていたんだな」

「ええ、バッチリと！　勇者神の剣術を生で見ることができて、感激です！」

学園長は、俺が勇者《ユージーン》であることをやはり知っているのだ。

学園長に道案内して貰《もら》い、ダンジョン内を歩く。

この学園は魔王城の跡地ということもあり、出てくる敵の強さはまああだ。

「出てくる強敵をすべて瞬殺！　さすが勇者神！　強すぎます！」

「え、こんなの強敵じゃないだろ？」

「Ｓランクモンスターを倒せるものなどおりません。ただひとり、あなた様を除いて」

うっとりとした表情で、イセルス学園長が俺の後をついてくる。


「……おまえも、倒せるんじゃないか？」

「そんなまさか。あり得ません」

「でも、そうじゃなきゃ理事長室へいけないだろ？」

「普段は隠蔽の魔法を使い、敵から姿を消してこっそりと地下に潜っています」


俺はサクサクと進んでいく。

「ところでユリウス君。あなたに聞きたいことがあります」

俺は出てくる無数のＳランクモンスター達を蹴散らす。

「あなたから見て、この世界……どう見えていますか？」

振り返ると、イセルスが真剣な表情で俺を見やる。

「平和で良い世界じゃないか。人間達が魔王や魔族たちに怯《おび》えずに、穏やかに暮らせている」

「でも滅ぼされた魔族たちにとって、果たしてこの世界は平和と言えるでしょうか？」

「……さぁな。俺は人間だから、魔族の気持ちはよくわからん」

「いいえ、あなた様ならわかりますよね？　異端者の気持ちが」


学園長は俺のそばまでやってきて、真っ直ぐに見てくる。

「その強大な力を持つ故に、周囲から孤立していたことは、容易に想像できます」


まるで見てきたかのように、学園長が言う。

「守るべき人間達から恐れられ、憎くはありませんでしたか？」

「いいや、ぜーんぜん。全く気にならなかったね」

本心で、俺はイセルスに返す。


「……そう、ですか」

やや落胆したように、学園長が言う。

「無駄な時間を取らせてしまいました。まもなく理事長室です」

☆

転生勇者ユリウスが、地下へ向かっている一方その頃。

「あ！　いたいた、おーいガイアスくん！」

「……ちっ。あんたらか」

やってきたのは、エリーゼとサクラの二人組だった。

「なんやっとんのこんなとこで？」

「……別に。さっさと帰れ。危ないからここ」

地下ダンジョンの入り口をのぞき込みながらサクラが言う。

「学園にこないな場所あったんやな」

「うう……なんだか怖いよぉ……」

「もういいから帰ってよ」

「……なあ、あんた何か隠しとらん？」

「な、何かって？」

じーっとサクラが疑いの目をガイアスに向ける。

「最近ずぅっとユリウスはんと一緒におるやろ……ハッ！　ま、まさか⁉」

「違う！　断じて！　もうっ！」

ふいっ、とガイアスがそっぽを向く。

「冗談やよ。なんや、結構あんた可愛いな」

「やかましい、とっとと……」

ピクッ、とガイアスはダンジョンの入り口を見やる。

「どうしたの？」

「いや……なんだか妙な気配がする……」

警戒をしながら、ガイアスが双剣を抜く。


「ふたりとも下がって」

何かが地下からうごめく音がする。

大量の何かが、地下から這《は》い出てくる音だった。

「逃げろ！　全力で！」

☆

俺は学園長とともに、理事長室へと入った。

そこは、魔王と戦った場所、謁見の間であった。

イセルス学園長が、ニコニコしながら進んでいく。

最奥には、魔王が座っていた玉座があった。


「いずれここに座るべきお人が、再び現れると信じておりました」

「やっぱ、あんた魔族だろ、学園長さんよ？」

学園長は玉座の隣に立ち、にこりと笑う。

「ええ、その通りです。さすが勇者神、慧眼《けいがん》でいらっしゃる」

恭《うやうや》しく、俺の前でイセルスは跪《ひざまず》く。


「魔族を手引きしていたのもおまえだな？」

「よくご存じで。なぜバレたのでしょう？」

「決定的だったのは天使の攻撃を受けたときだ。身を守る動作すらしなかっただろ？」

「お見事です。さすが我が破壊者」

「破壊者？　なんだよそれ」


「この世に一つ、有名な予言があります。……『魔王の死より二千年後、世界に破滅をもたらす破壊者が復活するであろう。しかしそれに抗う変革者が現れ、世界に救いをもたらすだろう』」

予言……何度か耳にした単語だ。

「多くの人はこの破壊者を魔王の再臨と解釈しているようです。そして魔王の死から二千年後、カーライル家に生まれた男児が変革者……予言の子であると思われているようです」

しかし、と学園長は笑う。

「わたしの解釈は違います。破壊者とは勇者神ユージーン、あなたのことですよ。」

うっとりとした表情でイセルスが語る。

「あなたはこの世のあらゆる常識の枠組みを破壊し尽くしています。そしてその波紋は世界に広がっている。邪神ガンデスブラッドの復活を引き起こしたのはあなたです。そしてそれを契機に、魔なる物たちは活動を再開した」

「あなたこそが世界を破滅に導く者、新たなるリーダーとなるにふさわしい御方なのです」

スッ……とイセルスは俺に手を差し伸べる。

「ともに世界から害虫《にんげん》どもを排除しましょう。魔の物たちの楽園を築き上げるのです」

俺は彼の手を、強く払う。

「断る」

イセルスは目をむく。まるで、断られるのが、意外とでもいった感じだ。

「馬鹿かおまえ。俺は勇者だ。人間を救うのが仕事だ」

「なるほど……しかしユリウス君。果たして、この世界に勇者は必要でしょうか？」

イセルスは立ち上がる。

「この世界には魔王は存在しません。勇者と完全に一体化している以上、この世界で最も強き者は誰か？　そう……あなたです」

にこりと笑う。

「愚かな人民どもは、いずれあなたを恐れる。そしてこう言うのです。『この化け物め！』とね」

それは、何度も聞いたセリフだった。

二千年前も、そして、今も。

「転生してわかったでしょう？　この世界のあらゆるものはあなたより格下。もとより最強だったあなたは、この世界における不穏分子《エラー》であり不適合者《イレギュラー》なのです」

「人間にとって、今度は俺が魔王になりかねない……っていいたいのかよ？」

「ご明察。さて、この世界において、誰が勇者《あなた》を倒せるのです？　答えは誰もおりません。それは、かつての魔王ヴェノムザードと、寸分違わぬ同じ状況だとは思いませんか？」

　イセルスの言葉を聞いて、俺はため息をつく。

「もう一度ご提案させていただきます。魔族を率いて、世界を手に入れましょう。我々はあなたを歓迎します。世界の破壊者、新たなる魔王よ」

　俺は真っ直ぐ彼を見て、即答する。

「断る。俺は勇者だ。魔王になる気はさらさらない」

「……いずれ人間達から迫害されるとしても？」

最初、俺は爺《じい》ちゃんの遺志をついで勇者になっただけだった。

世界のことも、人々のことも、よくわからなかった。

でも今は違う。この世界でできた友達、そして弟のガイアス。

転生先で出会った大事な人たちがここにいる。

それを守りたいと、今は思っている。

「誰にどういわれようと関係ない。俺は、大事な人たちの笑顔を守る」

「……あなたが勇者だから、という使命感からですか？」

「そんなたいそうな理由じゃないよ」

俺は愛しているのだ。

この平和な世界も、ここに暮らす人々のことも、彼らと過ごす日常も。

「勇者《ユージーン》じゃない、今ここにいるこの俺《ユリウス》が、ここを、守りたいからだよ」

ふぅー……とイセルスは深くため息をつく。

「仕方ありません。手荒なまねはしたくなかったのですが」

「俺に真正面から挑んで勝てるとでも？」

「まさか。あなたを見くびる気はございません。……ですので、人質を取らせていただきます」

「人質？　もしかして、エリーゼたちやガイアスのことか？」

「ええ、あなたと違い、彼らは実に脆弱《ぜいじゃく》だ。わたしの部下が、今頃捕縛していることでしょう」

パチンッ……！　とイセルスが指を鳴らす。

「さぁ、同胞たちよ。かの勇者の大事な人やらを連れてきなさい。他の人間は皆殺しです」

だが、学園長の呼びかけに応じるものはいない。

「なっ⁉　ど、どうなってるのですっ⁉」

焦るイセルスに、俺はため息をつきながら言う。

「地上には、勇者《おれ》の可愛い弟がいるんだぜ？　なあ、ガイアス」

爆発音とともに、壁がぶち抜かれる。

煙の向こうで輝くのは、闇を切り裂く太陽のごとき黄金のオーラを纏った少年。


「兄さん、安心して。エリーゼもサクラも、学園のみんなも無事だよ！」

「そ、そんな馬鹿な⁉」

学園長が、驚愕《きょうがく》の表情を浮かべる。

「地上にはＳランクモンスター魔甲虫を、五千匹放っていたんですよ⁉　さらに大量の魔族も動員した！　なのになぜ無事なんですか⁉」

俺は笑って、弟の頭をなでる。


「弟が倒してきたに決まってるだろ？」

「あ、ありえない！　ちょっと前まで初級の魔法すらまともに使えなかった出涸《でが》らしのクズが！　わたしの生み出した使い魔を倒せるわけがない！」


イセルスは杖を取り出し、俺たちに向ける。

魔法陣が展開し、黒い巨大なカブトムシ【魔甲虫】を生み出す。

虫はガイアスめがけて、強烈な突進をかける。

ガイアスの双剣は、十匹の虫たちを、たやすく両断した。

「この虫は、Sランクのなかでも特に堅いのですよ⁉　それをこんな雑魚の人間《サル》が斬れるわけがないんだ！」

弟の体からは、銀のオーラが立ち上る。

「禁術⁉　魔力と闘気を融合させ、莫大《ばくだい》なエネルギーを生み出す超高難度のテクニック！」

「学園長。あなたは人間《ボク》を舐めすぎだ。なんといっても」

ガイアスは胸を張って言う。

「ボクはユリウス＝フォン＝カーライルの弟なんだ。」

俺は弟の頭をぽんと撫でる。

「学園長、あんたがなんか企んでいることはわかっていた。だから俺はワザと弟を地上に残した。今のガイアスなら、たいていのことはなんとかできるって、信じてたからな」

愕然とする学園長に、俺は言う。

「ということで、あんたの自慢の手下どもは、俺の自慢の弟によって全滅させられたわけだ」

「ば、ばかっ。人前で変なこと言うなよっ」

顔を赤らめるガイアスの頭を、俺はよしよしとなでる。

「……計画は見抜かれ、しかもこんな、ユリウスでもないただの雑魚につぶされるなんて……」

「学園の長の癖に、生徒たちの可能性を信じないいんだなおまえ。人間は強くなれる。どこまでも、それこそ無限にな」

俺の言葉に、学園長がギリっと歯噛みする。

「や、やはり素晴らしいですよ勇者神。あんな雑魚をここまでの逸材に育て上げるとは！」

「勇者神……」

ガイアスが小さくつぶやく。

「あなたが兄と思い込んでいるそこの化け物は！　勇者神の生まれ変わりなのですよ！」

イセルスは狂ったように笑う。

どうやら嫌がらせをしたいみたいだ。

「そんなの、とっくに気づいてるよ」

「え、そうなの？」

「うん。とっくに。兄さん隠そうとしなすぎだよ」

「許すのか⁉　そこの男はおまえをずっとだましていたのだぞ⁉」

「だますも何も、この人自分から言ってたから」

やれやれ、とガイアスが呆《あき》れたように言う。


「今更正体を告げられたところで、ボクは微塵も揺るがないよ」

ガイアスは剣を振り上げる。

弟の周囲に、数本の触手が細切れになって落ちる。

「動揺させて隙をつこうとしても、無駄だから」

「ってことだ。悪いな、うちの弟はお前が思う以上に強いんだよ」


ガイアスは嬉しそうに笑う。

一方で学園長は悔しそうに歯噛みする。

「くそっ！　計算外だ！　まさかここまで弟を強くするとは、勇者神おそるべし！」

「それでどうする？　おとなしく降参するか？」

「……仕方ない。こうなったら奥の手を――」

イセルスが懐に手を忍ばせる。

ガイアスが一瞬で踏み込み、学園長の腕を斬り飛ばす。

空中には右腕。そして手には魔力を秘めた結晶が握られていた。


「兄さん！」

「おうよ」

俺は魔剣ヴェノムザードを顕現させ、虚空剣を発動。

万物を切り裂く剣で、俺は空間ごと削り取る。

結晶は、空間ごと消し飛ばされた。


「ば、バカな……なぜ壊さなかった……あれは天使が封印された結晶、壊せば天使が出現し、殺戮《さつりく》の限りを尽くしたのに……！　まさか見切っていたというのか!?」


「え、割ったら掃除が面倒かなって思っただけだけど？」

学園長は呆然《ぼうぜん》とした表情で俺を見やると、力なくうなだれたのだった。

☆

黒幕である学園長を、俺と弟は追いつめている。

右腕を失い、イセルスは額に脂汗を浮かべて言う。

「理不尽な強さを持ちながら……なぜ、世界に破滅をもたらそうとしないのです？」

「簡単だ。そんなもんより、楽しいものをたくさん見つけたからな」

たとえば友達と映画を観に行ったり、たとえばどんどんと強くなる弟の成長を見守ったり。

たとえば、魔王と和解して、一緒にハンバーガー食ったり、チェスを指したり。


「……どうやってもあなたは、魔族《わたし》のものとならないのですね」

ゆらりとイセルスが立ち上がる。

「わたしのものにならないのなら、壊してやる……！」

学園長は指輪をはめる。

その手を自分の心臓に突き立てた。


「わが……命を……対価に、顕現せよ……秩序の女神よ！」

学園長の体を中心として、立体的な魔法陣が出現する。

赤黒く輝くと、魔法陣のなかから、三メートルほどの巨大な骸骨が出現する。

ただし上半身だけだ。

それぞれに剣や鉈《なた》など、十種の異なる武器を持つ。

腕は十本。

「な、なんて膨大な魔力……立っているだけで……辛い……これが、神……？」

『オロォオオロオオオオオオオ！』

「は……ははぁ……！　どうだ、これが秩序の女神ホーラだぁ……！」

学園長がその場に崩れ落ちながら言う。

「そんな……魔族は神すら使役するなんて……」

「いや、おそらくさっきの指輪の効果だろう。誰からもらったんだろうな」

女神ホーラは、大鎌を振り上げる。

回避行動を取ろうとする。

だが、突如体が動かなくなった。

「いや、時間停止か」

止まった時間の中で、ホーラの鎌が俺を袈裟《けさ》に斬る。

だがその攻撃を俺は受け止める。

時がまた動き出す。

「なっ⁉　ば、ばかな……時間を止めたのに、どうして動ける……！」

虫の息のイセルスが、目をむいて言う。

「え、時間停止対策くらい、事前に用意しておくのは常識だろ？」

「二千年前どんだけ殺伐としてたんだよ、兄さん……」

世界が停止すると同時に、自分の周囲に反魔法の結界が展開するよう組み込んであったのだ。


俺は魔剣を振るう。

女神ホーラが、一刀両断される。

「やったか⁉」

『オロォオオオオオオ！』

ホーラの体が、まるで逆再生するかのように、元通りになる。


「そんな……！」

「ホーラは時を司る神！　ユリウスの攻撃が強力だろうと、時間を戻せばダメージがゼロだぁ！」

イセルスが勝ち誇った笑みを浮かべる。

魔族は生命力が段違いなので、瀕死の重傷を負ってもしばらく生きているのだ。

『オロォロロォオオオオオオ！』

ホーラは十の武器で、俺めがけて、目にもとまらぬ斬撃を放つ。

「この女神の持つ武器はすべて【神器】！　一撃で相手を即死させる武器だ！　この速度で、この手数。かわせるわけがなぁい！」

ぐぉ……！　とホーラが武器を持ち上げる。

様々な武器が、また俺めがけて振り下ろされる。

俺は魔剣を構えて、攻撃反射を放つ。

ホーラの武器をすべて弾き返す。

バランスを崩した秩序の女神は、仰向けに倒れる。

「そんな馬鹿なことがあるか⁉　神器による神速の連続攻撃を、一度で弾き返すなど⁉」

「え、たった腕十本程度で何言ってるんだ？　腕が百本や千本のやつ、神には普通にいるだろ？」

愕然とした表情のイセルス。

「す、すでに神との戦闘経験があるというのか……！」

「もちろん。倒し方も心得ているよ」

倒れている神に向かって、俺はゆっくりと歩く。

「は、はんっ！　馬鹿馬鹿しい！　神を倒すことなど不可能！　なぜなら！」

「神は神にしか殺せない。けれど神は人間を殺せるからだろ？」

驚愕するイセルス。

「勇者がいかに強かろうと、おまえはただの人間！　神を殺すことなど不可能だ！」

一方でガイアスは、確信めいた表情で言う。

「馬鹿だね、学園長。兄さんに、敗北の二文字はないんだよ。だよね？」

「おうよ。霊装展開」

その瞬間、聖なる光が、天井を突き破って、俺に降り注ぐ。

まばゆい光は俺の体を照らし、服と髪の毛を変化させる。

学生服から、タキシードのような漆黒の衣装に。

髪の毛は長く伸び、日輪のごとく、白銀に輝く。

『これぞ霊装を身に纏った、勇者ユージーンの真の姿だ』

俺の体は浮いている。

神格化した俺は、この世界を縛る重力の枷《かせ》から外れたのだ。

「殺せぇえええ！　ホーラぁあああ！」

女神が大鎌を振り上げる。

だが魔法陣は展開させない。

必要ないからだ。

こりもせず時間を停止させる。

空間を削り取るような強烈な一撃を放ってくる。

俺はその軌道を完璧に見切り、人差し指を立てる。

鎌は俺の指めがけて、まるで吸い込まれるかのように振り下ろされる。

「な、なんだ今のは⁉　まるで未来を予知してたかのようだ！」

「ああ、予知の精霊の力を使わせて貰った」

「精霊⁉」

「霊装は人の身で神の姿になる技術。精霊と一体化することで、俺は今、神と同等となった」

俺の体には今、数多くの精霊たちが宿っている。

「その数は９９９９。各々特殊な力を持っていて、彼らの力をすべて使えるんだ」

「は……はは……もうなんでもありかよ、兄さん……」

俺は右手を前に突き出す。

「終わりにしよう」


俺の体から聖なる光が噴出する。

それは俺の右手に宿り、純白の光る剣へと変化する。

ホーラが十ある武器を合体させて、超巨大な鎌を作る。

俺は剣を構えて、祝詞《のりと》を唱える。


「精霊よ、悪鬼滅殺の刃となりて、祓《はら》い給《たま》い、清め給え」

俺は光の剣を両手で構えて、天に掲げる。

それは強大な光の柱となって、地上をあまねく照らす。


「神滅天光剣」


黄金の巨大な波動となりて、前方へ向かって射出される。

太陽のエネルギーをそのまま凝縮したかのような一撃は、あらゆるものを滅する刃。

直線上にいた女神は無論、イセルスすらも飲み込む。

地下ダンジョンにいたすべての敵を消し飛ばし、もっと言えばダンジョンすらも消滅させる。

光は突如として消える。

すると、壊れた壁や天井は、何事もなかったかのように元通りになった。

『破壊と創造、ふたつの属性を持つ最終奥義だ。殺す必要のないものはこうして再生される。まこと、見事な奥義だ勇者よ』

すべてを終えた俺は、霊装を解く。

後ろで腰を抜かしている弟の元へ行く。

「立てるか？」

「……ちょっと、無理」

俺は弟をお姫様抱っこする。

普段は嫌がるのだが、今日ばかりはおとなしくしていた。

「なんかもう……次元の違う強さだね、兄さん」

「え、こんなの普通だろ？」

ガイアスは俺を見上げると、苦笑していう。

「やっとわかったよ。勇者神《にいさん》からすれば、これが普通なんだね」

# エピローグ　勇者、未来の世界を今日も生きる

転生勇者ユリウスが、神と学園長を消し飛ばした、その日の夜。

学園地下に存在する、理事長室にて。

白いスーツに、シルクハットをかぶった、妙な出で立ちの人物がいた。


「やはり彼程度では、勇者神の相手は荷が重かったようですねぇ」

その人物は、床に落ちていた指輪を拾い上げる。

それは学園長イセルスが、女神を召喚する際に使った指輪だ。

「ま、いいでしょう。転生勇者の強さが二千年後でも健在であることを証明してくれましたし」


さて、と指輪を懐に収める。

その人物は、理事長室にある、大きな椅子に腰を下ろす。

「これは序章に過ぎません。世界は勇者神を中心に、大きく動き出すことでしょう。そして予言通り、世界に破壊をもたらす。あなたはそういう運命にあるのです」

☆

医務室にて。

俺が学園長を撃破した、その日の夜。

「大丈夫か、ガイアス？」

「兄さん大げさだってば。単に腰抜かしただけだって」

「ならん。何か新種の病気かも知れん」


学園長との戦闘後に、俺の腕の中でガイアスは気を失ったのだ。

彼を連れてここへやってきた次第。

「兄さん。あなたは……勇者神なの？　それとも、ユリウス＝フォン＝カーライルなの？」

「ん？　どっちもだな」


俺は軽くあらましを説明する。転生の秘術を使って、未来の世界に来たこと。

意識と自我は最近になって引き継いだこと。

当初は戸惑うことも多かったが、今はユリウスの記憶と魂とが、肉体に完全に定着した状態な気がする。


「こんな化け物兄貴じゃ、嫌か？」

「まさか。そんなわけないよ」

フッ……とガイアスが淡く微笑む。

「やっと本当の兄さんと出会えた気がするよ」


魔王は言っていた。

転生前の俺は、意識と自我を失っているような状態、虚脱状態だったと。

この時ようやく、俺は完全な個として、この世界に生まれ落ちたのだ。


「ガイアス。改めて……おまえの不出来な兄をよろしくな」

すっ、と俺は弟に手を差し伸べる。

「うん、こちらこそ、若輩者の弟を、よろしくね」

ガイアスは俺の手を握って、俺たちは笑い合う。


「くくく……そこでチューか？　ん？　チューでもするのか～？」

その様子を見ているのは……魔王と、そしてエリーゼ達だった。

「わ、わわ……」

「ほーん、男同士で、ほーん」

バッ……！　とガイアスが俺の手を払う。

「ば、バカ！　何見てるんだおまえら！」

ぞろぞろと、彼女たちが入ってくる。

「別にええやん。なんや不都合でもあるんか？」

「えっと……ガイアスくん。男同士で、しかも兄弟でなんて……ダメだよ……」

「ちがう！　ばか！　ボクと兄さんはそういう関係じゃあないの！」

「ほ～そう言う関係ってどないな関係？」

「ま、まさか兄弟を越えた禁断の関係……とか？」

「ちがう！　もー！　出て行けよぉ！」

仲良くしている弟たちを見て、俺は魔王に言う。

「なぁ魔王」

「なんだい勇者」

「爺《じい》ちゃんも、笑ってくれてるかな？」

魔王は俺を見て、静かにうなずく。

「ああ、満足しているだろうな。孫が楽しそうに、笑っているのだから」

彼女は静かにハンカチを取り出すと、俺に手渡してくる。

目元を拭って、それを返す。

「よっしゃ、じゃガイアスも元気になったし、みんなで帰ろうぜ。ハンバーガー食いに行こう」
俺は弟と友達、そして相棒とともに、夜の街へと繰り出す。

なぁ爺ちゃん……。
俺、今すっげー楽しいよ。
これからも、俺はさ、いっぱいいっぱいいっぱい楽しい思い出作っていくからさ。
もうちょっと……俺がそっちに行くの、待っててくれよな！

## あとがき～ Preface ～

今作をお手に取っていただき、誠に感謝申し上げる。作者の茨木野である。

この話は小生が書いてきた中で、かなり異質な作品となっている。ずばりヒロインが弟なのだ。

……いや、待て。少し、待て。小生が自分で書いといてあれなのだが、どういうことなんだってばよ？　今ググったのであるが、目を皿の様にして探しても、「ヒロイン。劇・小説などの女主人公。また、実際の事件の中心となる女性」とある。やはりおかしい。

ネットで連載していた当初、弟ガイアスをここまで可愛くするつもりはなかった。兄を虐げるいじわるな弟。そして常に負けて悔しがる……というのが小生がガイアスに与えた使命であった。ところが連載を続けていくうちに、ガイアスがどんどんと変化していったのだ。いじわるな弟から、単なるツンデレキャラになったときには、「これがキャラが独り歩きする現象か」と、ネットでよく耳にする現象を目の当たりにして、小生、ひとりほくそ笑んだ。なんだか、小説家っぽーい。

最初はざまぁされて終わるだけのガイアスであったが、気づけばメインヒロインにまで昇華していたのだから驚きである。ネット版はもちろん、書籍版である今作でも、ガイアスのヒロインっぷりは健在であった。なにせ本来のヒロインであるはずのエリーゼを差し置いて、何度も敵にさらわれているのである。どこぞの桃色お姫様であろうかと小生一人ゲラゲラ笑っていたのである。

今作の書籍化が決まったとき、何に一番頭を悩まされたかというと、この作品、弟がヒロインなんだけどということであった。昨今のライトノベル市場では、かわいい女の子が前面に押し出された作品が多数見受けられるし、それがスタンダード。どこの世界に弟がヒロインの小説があるだろう。おおここにあるではないか。世にも珍しい弟ヒロイン物というフレーズに、ご興味をひかれた方がいたら、そのまま速やかにレジに持って行くことをお勧めする（セールストーク）。

改稿するにあたって、ガイアスの出番を少し削ろうかと思った時期があった。ヒロインはやっぱり女の子であるべきだろうか、と悩む脳内に住む茨木野Aに、いや待てせっかく可愛い弟キャラが書けたのだから、このままでいくべきだろうと茨木野Bが反論し、サンマおいしいと茨木野Cが意見を出した結果、元の形を崩さずに書籍にするに至った次第。最後のやつ会議に参加してないぞ。

あとがきにガイアス、弟、の単語が多出していることからわかるように、小生もこのツンデレ弟ガイアス君が大変気に入っているので、読者諸兄にも気に入っていただけたら幸いである。

イラストレーターのあるてら氏をはじめ、編集のK氏、そのほか本づくりにかかわってくださった方々、何よりこの本を手に取ってくださった読者諸氏におかれては、深く感謝申し上げる。

最後に、今作はコミカライズが決定している。村上よしゆき氏が最高にかっこよく、かつかわいらしくキャラクターを描いてくださっているので、ご一読なさることを強くお勧めする。

紙幅も尽きたことなので、これにて失礼いたす。とぼけた兄とかわいい弟をどうぞよろしく。

二〇二一年九月某日　茨木野

Kラノベブックス

# 落《お》ちこぼれだった兄《あに》が実《じつ》は最強《さいきょう》
## ~史上最強《しじょうさいきょう》の勇者《ゆうしゃ》は転生《てんせい》し、学園《がくえん》で無自覚《むじかく》に無双《むそう》する~

茨《いばら》木《き》野《の》

2021年9月29日第1刷発行

| | |
|---|---|
| 発行者 | 森田浩章 |
| 発行所 | 株式会社 講談社<br>〒112-8001　東京都文京区音羽2-12-21 |
| 電　話 | 出版　(03)5395-3715<br>販売　(03)5395-3608<br>業務　(03)5395-3603 |
| デザイン | 寺田鷹樹 |
| 本文データ制作 | 講談社デジタル製作 |
| 印刷所 | 豊国印刷株式会社 |
| 製本所 | 株式会社フォーネット社 |

KODANSHA



ISBN978-4-06-525963-4　N.D.C.913　305p　19cm
定価はカバーに表示してあります


ファンレター、
作品のご感想を
お待ちしています。

あて先　〒112-8001　東京都文京区音羽2-12-21
(株) 講談社　ラノベ文庫編集部 気付
「茨木野先生」係
「あるてら先生」係